SOUS DES DEHORS SI CALMES

Paru dans Le Livre de Poche :

ALCIBIADE

LA GRÈCE ANTIQUE CONTRE LA VIOLENCE

HECTOR

LAISSE FLOTTER LES RUBANS

LES ŒUFS DE PÂQUES

POURQUOI LA GRÈCE ?

LE TRÉSOR DES SAVOIRS OUBLIÉS

LES GRANDS SOPHISTES DANS L'ATHÈNES DE PÉRICLÈS

JACQUELINE DE ROMILLY

de l'Académie française

Sous des dehors si calmes

NOUVELLES

ÉDITIONS DE FALLOIS

Préface

Des nouvelles ne devraient pas avoir besoin de préface : elles devraient se suffire à elles-mêmes. Mais je suis trop professeur dans l'âme pour m'abstenir de tout commentaire ; et je déteste trop les malentendus pour ne pas tenter de m'expliquer, même brièvement.

Dans les récits qui suivent, une femme dit « je », et ce n'est pas moi ; c'est une certaine Anne, qui évoque des moments passés dans sa maison du Lubéron. C'est une femme raisonnable et sage, au moins dans les épisodes qu'elle nous raconte. Il ne faut attendre d'elle ni passions, ni grandes aventures, ni scandales, ni violences. Elle est très sage, mon héroïne ! C'est bien pourquoi on pensera sans doute qu'il s'agit de moi. Peut-être y a-t-il, en effet, des ressemblances. Pourtant, non, ce n'est pas moi. Alors, qui est-elle ? Je viens de l'appeler Anne ; et elle est un peu comme l'indéfini en anglais : *an*, *any*, c'est-à-dire n'importe qui. Mais il se trouve aussi qu'elle est placée là dans des conditions particulières. Alors qu'elle a une vie organisée à Paris, on ne la voit que dans sa maison du Lubéron, dans son jardin, dans le silence et la paix de la campagne. Elle est là, coupée de toutes les difficultés de la vie courante, du métier, de la famille ou de la politique. Vous ne savez pas comment elle réagit à tous ces problèmes et si elle n'a pas plus de passions et d'aventures que ces récits ne nous le laissent croire. Elle ne s'adresse à vous que dans ces moments de paix et de sérénité, où, rompant avec l'élan et l'agitation de ce que l'on appelle la vie quotidienne, on se retrouve enfin seul avec soi-même, et simplement humain. Dans cette atmosphère différente, une attention nouvelle se fait jour, tout résonne plus profondément.

Alors, dans le silence, on s'ouvre tout naturellement aux méandres et aux surprises de la vie intérieure. Il peut s'agir de presque rien, d'une menue découverte, de brusques réactions d'angoisse ou bien d'espoir, que l'on ne s'explique pas, mais qui soudain paraissent importantes. Ces impressions s'aggravent, ou s'allègent ; et tout change très vite. J'avais même songé à appeler ce livre « Dérapages » ; j'y ai renoncé, parce que le mot semblait un peu trop brutal. Mais il exprimait bien la nature de ces émotions, qui me paraissaient sourdre et évoluer d'elles-mêmes à propos de minces détails. Ces émotions m'ont souvent frappée et émerveillée ; et surtout, j'ai eu le sentiment – il me faut l'avouer – que ces dérapages intérieurs entraînaient comme des révélations et que, de façon sûre mais imprécise, elles menaient un peu plus loin vers l'essentiel. On se sent alors au bord de quelque chose que l'on ne peut pas exactement définir, mais qui correspond à une vision élargie.

Il en est un peu comme du simple fait de regarder le ciel. Si jamais on lève les yeux dans la nuit parisienne, on voit tout juste un coin du ciel, rendu lointain par le contraste des lumières et souillé par les fumées de la ville : on ne distingue que deux ou trois étoiles, qui sont peut-être des avions. Au contraire, quand, sur une terrasse bien dégagée, en pleine campagne, on lève les yeux vers le ciel étoilé et vers cette immensité tout à coup révélée, on est saisi d'étonnement et d'une sorte de timidité devant l'univers. Eh bien, pour la vie intérieure, il en va un peu de même. Là aussi, tout apparaît soudain à une plus vaste échelle, avec un sens qui nous sollicite. Et chaque petit détail évoque alors, de proche en proche, des échos imprévus.

Certes, cela n'arrive pas tous les jours ! C'est bien pourquoi les récits que l'on trouvera ici correspondent à des dates diverses de la vie d'Anne, souvent même éloignées l'une de l'autre. Ces récits mêlent les époques, et ils se suivent d'autant moins que le rappel des souvenirs entrelace le passé avec le présent. Ils évoquent, un jour, un petit incident ; puis, on en trouve un autre, à des années de distance. Il s'agit ici d'une joie toute neuve, et là d'un chagrin imprévu. Je crois à ces expériences-là, je les connais. Après tout, j'ai dit tout à l'heure qu'Anne n'était pas moi ; et cela reste parfaitement vrai. Mais je suis prête à revendiquer beaucoup des expériences qu'elle raconte ; j'aimerais les faire connaître et, si possible, par-delà cette Anne qui n'est pas moi, les partager avec d'autres.

LE BRUIT DE L'EAU

J'écoute le bruit de l'eau qui coule patiemment dans la vasque et de la vasque dans le bassin ; et je me souviens.

Je me souviens du premier jour où je suis arrivée ici, seule, peu après la signature de l'acte d'achat. J'avais quitté Paris au comble du ravissement. Richard m'avait accompagnée à la gare et m'avait dit avec sa gentillesse ironique : « Voilà ton premier voyage de propriétaire ! » Et cette idée m'avait causé un plaisir qui vibrait et grésillait en moi jusqu'au bout de mes doigts. J'avais attendu ce moment depuis si longtemps et avec tant de passion !...

Ce n'était certes pas une fierté sociale, éveillée par ce mot qui suggérait, tout naturellement, l'orgueil de la richesse et de la réussite. C'était presque le contraire : il me semblait qu'avec cette maison tant désirée, dans ce pays que j'aimais, je trouvais la protection qui m'avait toujours manqué. Mon père était un petit fonctionnaire de l'administration des finances, voué à des postes locaux et à des mutations fréquentes. Nous avions donc vécu dans des logements toujours provisoires, où nous n'étions jamais vraiment chez nous. Mon mariage, il est vrai, m'avait assuré une adresse stable, dans un domicile fixe. Mais c'était, en fait, l'appartement de Richard, et les meubles de Richard ; je n'avais rien voulu ni choisi. La demeure de Maupertuis, elle, correspondait à un vieux rêve, que la générosité de Richard rendait soudain proche, réalisé, à portée de main. J'ai fait tout ce voyage dans la joie et l'étonnement d'aller ainsi vers ce qui serait pour bien des années notre maison, ma maison. Et comme elle m'était déjà chère, avec sa claire façade et sa terrasse, secrètement tapie dans les collines et entourée d'arbres !... J'y trouverais le soleil de la Provence et l'air, déjà, de la montagne ; et je m'imaginais sortant au petit matin sur la terrasse, dans le silence...

Nous l'avions visitée assez longuement, à deux reprises, avec Richard. Mais, cette fois, j'y allais seule, afin d'organiser les quelques petits travaux nécessaires avant notre installation. J'étais fière, même, de cette responsabilité ! Et voilà qu'en arrivant à Maupertuis, je fus accueillie par l'excellent Marcelin, le voisin et l'homme de confiance, qui avait connu la maison et le jardin depuis toujours ; il m'attendait, grand et tranquille dans sa vieille veste de cuir assouplie par l'usage ; et il me salua par les mots mêmes qu'avait employés Richard ; il me dit avec cet accent rocailleux, qui donne aux moindres paroles une sourde résonance : « Alors, vous voilà propriétaire ! » Il y mettait un peu d'emphase, mais nulle ironie, nulle jalousie, nulle mauvaise intention. Et il n'était nullement responsable du brusque malaise qui s'est alors abattu sur moi. Je jetai un coup d'œil sur la terrasse, baignée d'une lumière pâle et blonde, sur la maison, si fière, sur les arbres à feuillage persistant, si grands et si sombres : tout m'intimidait et je détournai les yeux. Je balbutiai des excuses : « Oui… enfin… c'est-à-dire… » Marcelin me regarda, se demandant si l'acte d'achat avait oui ou non été signé et je dus le rassurer ; j'expliquai que je n'avais guère l'habitude de ce nouveau titre. Mais j'étais, d'un coup, frappée d'incertitude et même d'angoisse.

Je me suis avancée vers la terrasse, déroutée, avec le sentiment que je jouais un rôle qui n'était pas fait pour moi. Que se passait-il donc ? Je ne sais pas. Encore maintenant, en écoutant le bruit de l'eau qui coule dans le bassin, j'essaie les hypothèses une à une, reconnaissant qu'elles contiennent peut-être une part de vérité, mais qu'il faut aller plus loin, comme on rejette une peau et une autre peau, avant d'atteindre le cœur du fruit, ou comme on rejette les pages de quelque éphéméride, quand les jours se sont écoulés et qu'on ne retrouve pas la bonne date. Toutes les hypothèses contiennent un peu de vérité, mais je sais bien qu'aucune ne va tout à fait jusqu'au fond. Il est vrai que je ne connaissais pas encore bien Marcelin ni ses opinions : le mot « propriétaire » placé dans cette formule solennelle pouvait avoir quelque chose d'ironique et de critique ; avec l'habitude de la propagande sociale actuelle, tout était possible. Mais, en même temps, son insistance sur notre nouvelle situation et sur l'étape franchie me rappelait, tout à coup, des pensées que j'avais longtemps voulu oublier. Toute ma vie, en effet, dans nos déménagements successifs, j'avais confusément souhaité pouvoir offrir à ma mère, un jour, une petite maison où elle aurait été chez elle, avec un jardin dont elle aurait pu s'occuper. À présent, j'avais la maison, mais il était trop tard : ma mère, souffrant de polyarthrite aiguë, ne se déplaçait plus sans de grandes difficultés et, si même elle pouvait une fois voir notre domaine, elle ne pourrait jamais y habiter, ni pratiquer le perron, l'escalier, les sentiers – tout cela lui était interdit. Il y avait en moi ce regret, sans doute. Il y avait aussi qu'il s'adressait à moi parce que j'étais seule présente ; mais cela impliquait ma responsabilité et mon autorité. Or, je le savais bien : c'était pour moi et en fonction de mon goût que Richard avait consenti à l'achat de cette maison. J'avais sans doute naïvement pesé et insisté. Et avais-je eu raison ? Était-il commode pour lui de consacrer son petit héritage à l'achat d'une maison si éloignée de Paris et de ses affaires ? Avais-je eu raison de m'attacher follement à ce Lubéron d'autrefois, sans savoir si, plus tard, nous n'aurions pas des enfants qui souhaiteraient être plus près de la mer, et ne pas s'enfermer dans le charme d'un jardin au bout du monde ? Peut-être bien m'étais-je toujours, de façon naïve, mise trop en avant, imposant mes désirs sans les contrôler ou les critiquer. Richard était délicieusement patient et généreux ; mais avait-il vraiment voulu cette maison, dont j'étais aujourd'hui « propriétaire » ? D'ailleurs, pour commencer, allais-je être capable de la tâche qui devenait la mienne ? J'étais venue pour voir des ouvriers : le maçon, le plombier, le peintre, l'élagueur... Mais saurais-je leur parler ? Saurais-je décider ? Tout à coup, ce mot de « propriétaire » me semblait chargé d'obligations, impliquant des compétences ; et je me sentais sans compétences, incapable de prendre la moindre responsabilité. Oui, je sentais tout à coup qu'il y avait quelque part une erreur sur la personne, car ce rôle que j'allais jouer était une imposture. Être inquiet de soi, mécontent de soi, cela suffit pour ternir le plus beau rêve.

De plus, il me fallut aller passer la nuit ailleurs : la maison, longtemps inhabitée, était trop froide et trop humide. Elle ne voulait pas de moi, pas encore.

Toujours est-il que je me suis appliquée ce jour-là et le suivant, avec humilité, avec timidité.

Tous les ouvriers prévus se sont présentés avec une rare exactitude : sans doute voulaient-ils voir la tête de la nouvelle propriétaire, car cette exactitude ne devait guère se vérifier dans la suite. Et ils la virent, la pauvre propriétaire, éberluée, incertaine et irrésolue. L'élagueur me parla d'un arbre à abattre qu'il faudrait remplacer, le maçon m'indiqua une fissure longue et suspecte : il faudrait gratter tout autour et puis refaire le crépi. Le plombier me montra une partie de la toiture que nous avions crue victime d'un tout petit accident, mais qui, en fait, menaçait ruine sur un assez grand pan. Il fallait faire, refaire, redresser, réparer. À vrai dire, plus les choses allaient et plus je m'habituais. La maison n'était plus ce cadre serein et harmonieux qui avait occupé mes pensées : elle devenait un lieu d'activité et de mesures à prendre. Mais il se trouva que cela même me réconforta. Je me rappelle si bien ! Je découvrais alors qu'une maison n'existe pour vous qu'à une condition : quand on en prend soin, qu'on doit l'aider à vivre, la réparer, la soutenir, l'embellir… Elle me devenait chère dans la mesure où je faisais ce qu'il fallait pour elle.

Peut-être – peut-être – en est-il de même avec les personnes. Je note au passage cette pensée qui me traverse doucement l'esprit, mais dont je sais qu'elle reviendra plus tard dans la vie.

En tout cas, mon moral s'améliorait avec les dispositions que je prenais et c'est ainsi qu'un jour, comme nous remontions vers la maison, le maçon et moi, mon regard tomba sur ce drôle de petit bassin en forme de cœur qui se trouve juste en face de la maison, sur la terrasse. Nous n'y avions jamais fait très attention. Mais quand on s'occupe de réparations et de mises en état, on acquiert un œil critique et bien observateur. Je murmurai :

– Et ce bassin, quelle drôle de forme !

Le maçon approuva :

– Oui, il a toujours été ainsi et je n'en connais pas d'autre qui ait cette forme. Mais on ne sait pas, on voulait peut-être, à l'origine, faire une rosace et puis on y a renoncé. Je n'en sais rien, mais c'est vrai qu'il est bizarre.

Et puis, timidement, je demandai :

– Et de l'eau, il n'y en avait pas ? Il n'y en a jamais eu ? C'est drôle un bassin vide…

– Ah si, me dit-il, bien sûr, il y avait de l'eau et il y avait même la petite fontaine, vous voyez, qui coulait depuis ce muret de calcaire, là où vous voyez le lierre ; et l'eau coulait dans la petite vasque et de là dans le bassin… Non, non, c'était joli… Ah, c'était la bonne madame Paul qui aimait ce bassin et ce bruit d'eau.

– Madame Paul ?

Et il m'expliqua alors madame Paul. Nous sommes rentrés. Je lui ai offert une canette de bière qui se trouvait, par miracle, dans le frigidaire et il me parla. Je n'avais connu, pour ma part, qu'une dame de Bordeaux qui était la seule propriétaire et ne songeait pas à garder la maison : elle était maintenant fixée avec son mari dans le Bordelais. Tout cela était logique et clair. Mais qui était madame Paul ? Madame Paul était la mère de cette dame. Madame Paul avait toujours vécu dans la maison : elle l'habitait l'année entière ; je n'osais pas avouer au maçon que nous comptions habiter Paris et ne venir ici que pour de longues et fréquentes vacances. Mon mari travaillait, moi aussi je travaillais, mais je pouvais transporter mon travail ici : avec quelques livres et le matériel nécessaire, je m'en tirerais. Madame Paul, elle, avait donc passé sa vie dans cette maison et l'avait faite sienne, profondément. « À la fin, elle était une vieille dame toute seule, assez âgée ; nous la connaissions tous au village et on l'aimait bien ! C'était une drôle de femme, elle avait eu deux maris et juste cette fille, celle à qui vous avez acheté. La fille est donc partie, mais pour la vieille dame, pas question de s'en aller. Vous savez, c'est elle qui a planté la plupart des arbres ici et qui a tout arrangé… »

C'est à ce moment-là que la maison commença à prendre pour moi une âme, même si ce n'était pas mon âme à moi ; quelqu'un avait vécu là, quelqu'un qui était attaché à cette maison, autant que je commençais à l'être moi-même, quelqu'un que je ne connaîtrais jamais et dont j'allais retrouver en moi, dictés par le lieu même, les habitudes et les goûts.

– Et elle aimait tellement le bruit de l'eau, cette pauvre dame, elle la faisait marcher nuit et jour, et puis après, quand le système n'a plus fonctionné, elle me disait : « Cela ne fait rien, de toute façon je n'entends plus. Mais, voyez-vous, je l'imagine, le bruit de l'eau. J'entends les gouttes, j'entends… c'est clair, c'est vivant, c'est tout près, c'est comme si elle était là, je l'entends en pensée. »

Le maçon devenait presque lyrique : avec la faconde chaleureuse des Méridionaux, il citait et mimait la vieille dame. Et moi, j'étais un peu émue. Je lui demandai :

– Mais on ne pourrait pas la faire remarcher ?

– Oh, dame si, dit-il. Il suffirait d'attraper l'eau au poste d'arrosage et il faudrait éventrer la terrasse.

– « Éventrer » ? répétai-je avec anxiété.

Il se mit à rire :

– Oh, je veux dire, creuser une petite tranchée. Il faudrait voir avec le plombier. Mais, à mon avis, ce ne serait pas une affaire. Il faudrait mettre deux regards.

Je ne savais pas ce qu'était un regard, mais j'approuvai avec résolution. Je voulais avoir, moi aussi, le bruit de l'eau et la présence de l'eau dans ce ridicule bassin en forme de cœur. Moi, qui crains tant les décisions, je tranchai tout à coup :

– Eh bien, c'est dit : je vais revoir le plombier et nous ferons ces travaux.

Quand il fut parti, je parcourus la terrasse longtemps. Je commençais, en effet, à me sentir un peu chez moi et, regardant le bassin, j'imaginais à mon tour, pour la première fois, le bruit de l'eau.

*

À présent je l'écoute, pour de bon, cette eau qui tombe dans la petite vasque, et de là s'égoutte dans le bassin ; et je me rappelle…

Oh ! Cela n'a pas été simple ! La première visite, dont je viens de parler, se plaçait au début de mars. Je suis revenue fin mars, et au milieu d'avril et à la fin d'avril. Au début, rien n'était fait. La fois suivante, la terrasse était, selon le mot qui m'avait tant effrayée le premier jour, « éventrée ». On avait creusé une rigole qui se heurtait à du rocher, alors on avait creusé pour faire un détour et ouvert le sol en différents endroits : c'était une abomination. Déjà je regrettais ma décision ; et Richard, qui n'avait pas entendu parler de madame Paul, semblait la considérer comme absurde. Enfin, quand nous nous sommes vraiment installés, au début de juillet, les travaux étaient finis, l'eau était là – il suffisait de tourner un petit robinet. On croira que j'ai été émerveillée, soulagée, enchantée : il n'en fut rien. Le seul sentiment que j'eus fut celui d'une bataille gagnée. Je tournai le robinet, vérifiai que l'eau s'écoulait et refermai, satisfaite. Un jour je laissai ouvert un peu plus longtemps et Richard qui, cette fois, m'accompagnait, cria depuis le premier étage : « Il faudra surtout penser à fermer cela pour la nuit ! » : le bruit de l'eau était à ses yeux, purement et simplement, une gêne.

Personnellement, je restais indifférente. Mais il faut dire que, entre-temps, j'avais perdu ma mère. Cela m'avait frappée et désorientée ; cela rendait toute joie un peu choquante ; ce petit bruit d'eau qui, pour finir, nous avait coûté si cher, n'ajoutait rien pour moi à la détente que m'apportait cette nouvelle demeure. On l'entendait à peine, d'ailleurs, ce bruit de l'eau : il y avait les feuillages des arbres qui toujours bougeaient plus ou moins ; il y avait les oiseaux qui passaient, les insectes que l'on entendait à droite et à gauche, l'écho des travaux dans les champs : tous ces bruits rendaient vain ce chuchotement de l'eau dans le bassin.

Richard m'avait dit seulement qu'au moins l'écoulement de l'eau contribuerait à l'arrosage ; je m'en étais réjouie : nous devenions de vrais propriétaires, considérant en tout l'aspect pratique.

Mais le jour où Richard repartit, il se passa quelque chose à quoi je ne m'attendais pas.

J'étais sur la terrasse, vers le soir. J'avais tourné ici et là dans le jardin ou dans la maison, occupée à de petits rangements ; puis j'avais sorti un fauteuil pour profiter de ce soir d'été et, résolument, par principe, j'avais branché l'eau du bassin. C'est là que se fit en moi un nouveau glissement, aussi imprévu et profond que celui qui avait marqué mon arrivée à Maupertuis, mais qui eut plus de conséquences

Au début, je ne faisais pas très attention au murmure de l'eau. C'était un bruit régulier de gouttelettes, au son tantôt clair et tantôt plus profond, qui se mariaient, alternaient, revenaient : l'eau s'écoulait par chaque dentelure de la vasque, en mince filet, à peine continu, et des gouttes isolées tintaient par moments, se confondant presque avec leur chantonnement. Je n'écoutais pas, mais je me rendais compte de ce bruit d'eau et la phrase de Richard me revenait en mémoire, « cela arrose ». Je me disais – l'esprit toujours pratique ! – qu'il y avait là une merveille : cette eau, qui s'écoule ainsi sur la terre, au début de l'été, et qui entre dans les profondeurs et qui fait reverdir, revivre, s'épanouir, tout ce qu'elle cache en elle de possibilités. Il m'est souvent arrivé de suivre le cours d'une eau, même d'une eau d'arrosage, et de voir une herbe légère, d'un vert tendre, border le côté même du fossé : tant la présence de l'eau fait venir de la vie. Et je me disais que cette eau venait finalement de quelque source, là-haut, dans les montagnes du Lubéron, qu'elle avait dû jaillir dans la mousse et puis s'écouler tout doucement, faire de minces ruisseaux, en rencontrer d'autres, s'étendre, s'élargir, pour être ici ou là captée, mise en réserve, redistribuée. Dans tous les pays du monde, rien ne vit que par l'eau. Oui, Richard avait raison : cela arrosait. Et, chaque fois que j'ouvrais le robinet, je donnais un peu de vie à ce jardin, aux environs et, de proche en proche, à la nature. J'écoutais, et c'était un joli bruit : un bruit de fraîcheur, désaltérant et reposant. Il me semblait sentir sous la terre, sous ma maison, sous ma terrasse et s'étendant dans toutes ces collines avec leurs vignes et leurs prés et leurs forêts, comme un réseau délicat de capillaires représentant la source même à quoi tout s'abreuvait. J'avais ouvert un robinet et, peu à peu, la nature, au soir de la journée, buvait et renaissait. Le bruit que j'entendais continuait, continuerait comme la circulation même de cette eau dans la terre.

Et soudain j'eus le sentiment que cet écoulement était symbole et garantie d'une continuité. Après tout, c'était le même chuchotement clair et frais qu'avait tant aimé madame Paul et que j'avais fait revivre, un peu à cause d'elle. Si bien qu'il se nouait un lien direct, à travers le temps, entre elle et moi, qui ne nous étions pas connues. La joie d'entendre l'eau était passée en moi, avait pris un caractère presque anonyme qui nous était commun. Et, sans doute, y avait-il eu bien d'autres personnes avant elle. Ce n'était pas elle qui avait construit la maison ; ce n'était probablement pas elle qui avait fait creuser ce bassin en forme de cœur. Et puis, toujours, même dans d'autres maisons, des gens avaient vécu là, profité de l'eau, écouté, vers le soir, le murmure secret des ruisseaux, promesse de fraîcheur et d'apaisement. Je n'étais que la dernière – la dernière jusqu'à présent ; car je savais également que, sur cette terre, sur cette terrasse modifiée, détruite ou reconstruite, d'autres après moi goûteraient la douceur du soir, en écoutant le bruit de l'eau.

Cela me rassurait et m'étonnait tout ensemble.

Car je passais, sans m'en rendre compte, de la continuité de l'eau à la continuité même du temps et des générations. Madame Paul était morte, après avoir cessé d'entendre, et moi je mourrais un jour. Ne venais-je pas de perdre ma mère, qui ne verrait jamais ma maison et n'écouterait jamais, assise à côté de moi, le bruit de l'eau tombant en filets depuis la vasque. Mais voici que ce soir, je pouvais presque dire que cela ne faisait rien. Je l'acceptais, comme j'acceptais ma mort à venir, parce que tout se tient et continue sans cesse. N'était-ce pas déjà assez beau que ma mère qui avait elle-même été enfant, qui avait joué au bord de l'eau, joué à écouter l'eau, et grandi, puis vieilli, m'ait auparavant donné la vie, de sorte que je puisse un jour posséder la maison qu'elle n'aurait jamais possédée ? Ainsi je profiterais de cette vie qu'elle m'avait donnée, avant de la transmettre à d'autres. J'espérais avoir bientôt des enfants, des enfants que je verrais jouer sur la terrasse, tandis que j'écouterais le bruit de l'eau – s'écoulant comme les jours et les années, en paix, indéfiniment, pour toujours renaître sous une forme ou sous une autre. Il me semblait comprendre quelque chose d'important que je n'aurais pas su dire avec des mots et qui impliquait de ma part un élan profond d'acceptation. Je pensais à ces enfants qui naîtraient peut-être de mon mariage avec Richard, qui joueraient peut-être dans cette maison ; et je me dis alors que mon fils, si jamais il existait, recevrait le nom de Paul pour marquer la continuité avec cette madame Paul, dont je ne savais rien. Les filets d'eau rebondissaient en éclaboussures légères à la surface du bassin. Par instants, des reflets du dernier soleil brillaient à travers les gouttes ; et la chanson de l'eau semblait dire : « Oui, nous sommes là pour la beauté, pour la vie ; il ne faut pas s'inquiéter ; rien n'a vraiment d'importance… »

Je pourrais dire que c'est à ce moment-là, sur cette terrasse, dans la paix de cette soirée solitaire, que je suis devenue adulte. Adulte, c'est-à-dire affranchie de toutes les batailles mesquines de la vie quotidienne. Adulte, c'est-à-dire libérée des rancunes et des inquiétudes, tout au fond de moi-même. Adulte, c'est-à-dire sereine – au moins pour un court moment, qui laisserait sa marque, en dépit des oublis et des transgressions.

J'ai eu l'impression que mon cœur gonflait, sans que je sache bien si c'était de gratitude ou de mélancolie, de plénitude ou bien de vide. Le bruit de l'eau était comme une chanson, toujours la même, présente, fidèle, secrète, interminable... Était-ce la paix qui m'emplissait si profondément ? Et pourquoi, tandis que la petite fontaine pleurait, ai-je senti mes yeux se mouiller de larmes ? Était-ce parce que je pensais à ma mère ? Ou parce que j'aimais cette maison ? Ou parce que je devenais la réincarnation de cette madame Paul inconnue ?

Je ne savais pas trop pourquoi, mais ces notes limpides et obstinées éveillaient en moi une joie tragique – tragique et émerveillée.

Cela n'a pas recommencé le lendemain, ni même à chaque séjour. Mais en passant à côté du bassin en forme de cœur, je sentais à chaque fois comme un lien secret, m'unissant à lui et que nul ne pourrait jamais me prendre. Tout le monde s'est moqué de moi parce que ce bassin est un peu ridicule. Cela est vrai, je le sais ; mais le bruit de l'eau, ce jour-là, m'a, pour toujours, liée à ma maison de Maupertuis. Tout cela pour un peu d'eau amenée à grands frais et coulant sans raison dans le silence d'un soir d'été.

LE TREILLIS JAUNE

Nous sommes installés dans cette maison de Maupertuis depuis maintenant vingt-sept ans. Richard, mon mari, est mort depuis déjà quatre ans. Je crois avoir supporté cette douleur en femme forte et raisonnable ; je ne me suis pas abandonnée aux larmes et aux plaintes lorsque j'ai reçu le télégramme m'annonçant la nouvelle et n'ai rien trahi de mon émotion lorsque l'on a ôté de ma chambre le lit jumeau qui était le sien, ou quand il a fallu distribuer ses vêtements et ses affaires personnelles. J'ai fait bonne figure, un peu par égard pour mon fils Paul, et beaucoup, sans doute, parce que telle est ma nature. Et voici que, l'autre jour, après tout ce temps écoulé, il a fallu que, sans raison, un brusque dérapage intérieur vînt mc jctcr, sans forcc ni résistance, dans un désarroi qui balaya tout. Et, avec ce désarroi, surgit aussi le souvenir de nos débuts à Maupertuis, redevenus soudain vivants.

Je ne sais pas comment cela est arrivé. Mais je

sais que cela a été en moi comme une déchirure, par où ont fait irruption, ensemble, la désolation de ce que j'avais perdu et la conscience aiguë de ce que j'avais connu.

*

Nous étions en juin : je mettais un peu d'ordre dans ce qui avait été notre chambre et dans la petite pièce attenante. Je voulus écarter un instant le treillis jaune qui sert de moustiquaire dans ces deux pièces, et j'accrochai ma manche à un clou.

Aussitôt tout me revint. Nos premières nuits à Maupertuis avaient été gênées par la présence des insectes qui, dès que l'on allumait, pénétraient en masse : mouches et moucherons, papillons de nuit, lourds et effarés, en attendant guêpes et frelons. Pour remédier à cet ennui, nous avons été bravement jusqu'à Aix-en-Provence où existe un droguiste particulièrement compétent. Sur ses conseils, nous avons fait l'acquisition d'un grand rouleau de treillis jaune, assez souple et pourtant solide, car ce devait être une sorte de plastique : il arrêterait les insectes, même petits, et serait invisible quand on regarderait par la fenêtre. Il y est encore, ce treillis jaune, et je dois dire qu'il projette seulement une sorte de reflet doré sur tout ce qui est au-dehors : le résultat est un succès.

Mais l'entreprise fut diabolique ! Il fallut d'abord couper ce treillis à la taille des fenêtres, en calculant un dépassant, et Richard eut bien de la peine à trouver des ciseaux assez robustes pour cette entreprise. Et puis, il fallut mettre ces grandes plaques en place, et je fus chargée de maintenir le haut : je restais le bras tendu jusqu'à l'épuisement, pendant que le bas, dès qu'on le lâchait, s'enroulait prestement vers le haut : on aurait dit un animal brusquement libéré ! Le tout, me fit observer Richard, était de fixer ce maudit treillis par quelques pointes en haut et en bas. Ah ! Quelle affaire ! Le premier clou, très bien ! Le second, tout aussi bien ! Mais, lorsqu'il mit le troisième, la matière plastique tira un peu trop et le premier clou ressortit vivement, comme un projectile à travers la pièce. Ce ne fut pas le dernier à accomplir ce saut et à nous obliger à des recherches à quatre pattes pour retrouver le coupable. Nous n'étions pas des as du marteau et des clous ; nous n'avions pas l'habitude. Mais il était si amusant d'essayer de vaincre la difficulté ! Et là, sur mon canapé, je nous revoyais si bien, sérieux comme des enfants, maladroits comme des débutants, mais unis par la fierté de chaque réussite, par la fraternité de notre commune inexpérience. Il fallait choisir les clous : si la tête était trop mince, cela ne servait à rien, le plastique ressortait. Nous avions d'abord essayé des punaises : elles ne tenaient pas ; nous avons tout tenté, y compris des sortes de crochets qui plaquaient fort bien le plastique sur le cadre de la fenêtre : mais une fois l'objet laborieusement fixé à la première des fenêtres, nous nous avisâmes qu'on ne pouvait plus passer le bras pour ouvrir les volets et qu'il fallait recommencer; puis, quand nous pensions avoir enfin réussi, la fenêtre ne fermait plus, parce que les rebords du plastique prenaient trop de place et que ces petites fenêtres, un peu anciennes, ne permettaient aucune tricherie! Je me rappelle l'air épanoui de Richard quand, devant notre premier échec, il eut l'idée de dire : « Et si nous prenions des crochets X, ils pourraient retenir ce fichu plastique en place, et nous pourrions le dégager chaque fois que cela conviendrait. » Par chance, nous avions des crochets X, et je suppose que notre treillis d'un beau jaune d'or est le seul de la région, peut-être le seul au monde, à comporter cette organisation astucieuse de crochets X, pour ouverture à volonté. Nous étions tout ensemble conscients de nos bévues, ravis de notre ingéniosité, et merveilleusement complices.

Et voici qu'aujourd'hui, devant ce cadre où reste encore, immuable, le treillis jaune, où restent encore ces crochets X, et même ce petit clou où je viens d'accrocher ma manche, comme Richard l'avait alors prévu en disant : « Il faudra faire attention à ce clou! », voici que toute cette scène me redevient présente et me mord le cœur. Tout nous avait unis ce jour-là, le travail en commun, la commune maladresse, l'effort pour nous entraider, et le sentiment aussi que nous travaillions à protéger notre maison, à nous construire un abri, pour nous et à nous. Nous étions un peu comme ces couples d'oiseaux que l'on voit construire ensemble le nid où seront déposés les œufs : c'était la collaboration parfaite, l'entente à égalité. Et il me semble que même dans les moments les plus proches, même dans l'acte d'amour, il reste toujours à chacun le sentiment de son identité et une vague incertitude sur les réactions de l'autre : là, au contraire, tout était simple, nous avions le même âge, nous étions comme des jumeaux ; aucune différence n'intervenait, ni de sexe ni de passé personnel ; nous avions la même action à mener, ensemble, comme si nous n'étions qu'un. Nous étions sérieux comme des enfants, et seuls au monde.

Je sais : on jugera sans doute, en lisant ces mots, que nous nous livrions là à un passe-temps de « gosses de riches ». Nous jouions à travailler ; et le jeu seul nous rapprochait. Eh bien, ce serait là une impression très fausse ! Je crois, au contraire, qu'il s'agissait d'une joie très largement humaine. Certes, nous avions une vie protégée, mais je sais bien que devant toute difficulté, et dans les plus dures situations, l'effort fait en commun pour parer aux problèmes urgents, pour se montrer ingénieux et entreprendre des tâches inhabituelles, se rencontre chez tous. Je sais que les plus pauvres, au village, me montrent, fièrement, ce qu'ils ont inventé pour empêcher l'eau de pénétrer par-dessous la porte, ou bien la fenêtre de mal fermer : ils déploient une ingéniosité spontanée pour se protéger et sont radieux du résultat. Mes parents m'ont raconté souvent tout ce qu'ils ont inventé pendant la guerre, pendant l'exode, quand, dans des logements d'infortune, ils improvisaient des moyens de faire la cuisine sans casserole et sans feu, ou bien des moyens de dormir au chaud dans des pièces glacées. On se débrouille, on essaie à tous les niveaux. J'ai parlé des oiseaux qui préparent leur nid obstinément en se donnant du mal. Nous faisions simplement la même chose, une chose toute naturelle, toute simple. La seule différence est que nous le faisions sans courir de danger et dans une entente totale entre deux personnes que tout rapprochait. Voilà la seule différence ; elle n'a rien de social, j'en suis bien sûre ! Je me souviens comme nos efforts et nos fiertés étaient naturels et comme nos regards exprimaient la confiance. Le plus important de l'amour est peut-être, en fin de compte, de travailler à quelque chose ensemble, de poursuivre un même but, dans une égalité absolue, en se donnant complètement au but à atteindre, si minime qu'il puisse être.

Nous étions si jeunes encore ! Je me rappelle les gestes souples de Richard, se penchant de travers vers la caisse à outils, se redressant, prenant chaque clou entre ses longs doigts aux extrémités un peu aplaties comme celles d'un artiste. Nous ne sentions pas la fatigue. Et maintenant – oui, maintenant – le temps avait passé. Les mains que je revois si bien n'existent plus. Elles se défont en poussière, dans la terre d'Afrique. Richard n'existe plus, ni ici, ni pour moi, ni pour personne. Il n'est plus nulle part, Richard, alors que le plastique jaune est là, fidèlement en place, comme autrefois, avec ses clous et ses crochets solidement fixés depuis tant d'années. Le contraste était à peine tolérable.

Et sans doute n'était-ce pas tout. Quand je regardais la fenêtre toujours munie de son treillis de plastique indestructible, je me rendais compte que, pour moi aussi, le passage des ans avait tout changé. Certes, Richard n'était plus là ; mais les jours de notre jeunesse, de notre mariage, de nos projets n'existaient plus non plus, et moi je n'étais plus la jeune femme alerte qui préparait sa future demeure. Là aussi quelque chose était parti, définitivement ; et ce quelque chose était le meilleur de ma vie. L'ardeur joyeuse avait disparu avec la souplesse de mon corps : j'étais maintenant affalée sur ce canapé, me sentant lourde et usée. Mes cheveux grisonnaient et sur mes mains se marquaient déjà les taches de la vieillesse. J'étais encore en vie, c'est vrai ; mais le temps avait passé, et notre temps d'alors était à jamais anéanti.

La gaieté de notre jeunesse et nos débuts à Maupertuis : en un clin d'œil, tout cela était entré dans le néant et ce sacré treillis, lui, tenait toujours !

Je me rappelle que ce soir-là, après dîner, nous sommes revenus dans la pièce, derrière le treillis bien tendu, et que nous avons allumé toutes les lumières : nous voulions voir si notre action avait été efficace ; et, au bout d'un moment, nous avons vu arriver les insectes, leurs petites ailes battre contre l'obstacle, tenter de passer, puis renoncer ; d'autres essayaient, venaient voir, repartaient. Et je revois le regard émerveillé de Richard se tournant vers moi et s'exclamant : « Cela marche ! » Un enfant qui verrait fonctionner un jouet électrique n'aurait pas été plus fier ; ni plus surpris, ni plus reconnaissant.

Ce souvenir m'arracha une brusque exclamation de douleur : je me jetai, la tête cachée, sur le canapé et je me mis à pleurer sans retenue. Je pleurais parce que Richard n'était plus là, parce que le temps nous avait tout dérobé et que le plastique jaune restait à me narguer, inchangé. Il me semblait que je n'avais jamais assez apprécié tout le bonheur qui m'avait été donné, que je n'avais jamais rien ressenti assez intensément : d'un coup, était entrée en moi, de toute sa force, une pensée que chacun devrait avoir et que l'on ne veut jamais garder sous les yeux – le fait que tout passe, et si vite. Il me semblait que toute ma confiance s'écoulait hors de moi, comme du sang, indéfiniment, m'ôtant, peu à peu, toutes mes forces.

*

Beaucoup plus tard, mon fils Paul s'inquiéta de mon long silence et monta frapper à la porte. Il fut stupéfait de me trouver effondrée sur ce canapé, et pleurant à chaudes larmes. Il n'avait certes pas l'habitude de me voir dans un tel état. Avec la stupeur candide de ses vingt-trois ans, il me demanda :

– Mais, maman, qu'est-ce qu'il y a ?

Je voulus lui répondre, mais les mots se heurtaient, de façon désordonnée, et ne lui apportaient aucune explication. Désignant d'un geste du menton la fenêtre, je murmurai :

– C'est ce treillis jaune… c'est ton père qui l'avait posé… Nous l'avions posé ensemble…

Il suivit mon regard, contemplant avec ahurissement le treillis de plastique, qui n'avait pas trop bonne allure, entre ces crochets X et ces pointes dépareillées. Les autres pièces, il faut le dire, avaient reçu, dans la suite, de véritables moustiquaires, montées sur des panneaux de bois coulissant ; et Paul devait penser que ce vieux rideau de plastique jaune aurait dû être jeté et remplacé depuis longtemps. Son regard ne laissait sur ce point aucun doute. Son expression alla de la fenêtre au canapé et il protesta :

– Mais quoi ? Qu'est-ce qu'il a, ce treillis ? Papa a fait des quantités de choses dans la maison, et, si je peux me permettre, un peu plus réussies que celle-ci.

Mes larmes redoublèrent et je hoquetai :

– Oui, mais, Paul, cela avait été un jour si heureux… et, vois-tu, ton père n'est plus là et le treillis est encore là !…

Paul avait le réalisme des jeunes ; il me dit gentiment :

– Mais, maman, c'est normal ! Le plastique dure indéfiniment ; il dure plus qu'une vie humaine ; il suffit de regarder le fond de la mer ou le mal que l'on a à s'en défaire… c'est solide, le plastique.

Il fit un petit silence, puis il ajouta :

– Cela ne me paraît pas si grave : tu as fait avec papa des choses plus importantes et qui ne te mettent pas dans un pareil état !

Ces mots suscitèrent enfin en moi une première réaction, comme si j'entrevoyais une lueur de vérité ; je lui répondis, soudain certaine de ce que je disais :

– Mais, Paul, ne le sais-tu pas ? Ce sont les petites choses dans la vie, qui souvent sont les plus importantes.

Il ne m'a pas répondu… Il m'a jeté un regard surpris et un peu réprobateur. Il est jeune, mon fils, et il ne se doutait pas à quel point ce que je venais de dire exprimait la vérité.

Je ne le lui ai pas expliqué ; je n'ai rien dit du tout ; mais les arguments se sont pressés en moi, me montrant combien ce que j'avais dit avait de sens, combien cette idée même expliquait mon désarroi. Les images, les preuves, me venaient en masse. J'aurais pu lui dire qu'en temps de guerre, lorsque des réfugiés se traînaient sur la route, sauvant dans leurs bras leurs objets les plus précieux, il n'était pas rare de voir un enfant emporter une vieille poupée de chiffon en la serrant sur son cœur, ou même une femme tout à fait adulte et en principe raisonnable, emporter, en le tenant étroitement contre elle, un pot de réséda auquel elle n'avait pu renoncer. Mais je suis comme cela, tout le monde est comme cela ! je sais que, de tous les cadeaux que m'a jamais faits Richard, le plus précieux à mes yeux est une petite figurine porte-bonheur qu'il m'avait achetée sans raison, un jour, dans les rues de Naples. N'y a-t-il pas des gens que l'on prend résolument en grippe pour un simple défaut de prononciation ? N'y a-t-il pas des ménages qui se défont, parce que l'un des deux ne peut plus supporter le petit reniflement de l'autre ? Il suffit de se demander quel souvenir l'on garde d'un voyage, ou d'un livre, ou d'une personne, et l'on est à chaque fois étonné de voir quels maigres souvenirs vous restent, coupés de tout, dépourvus de sens, et, comme dirait Paul, « sans importance ». À l'heure actuelle, je le sais, on ne veut retenir, raconter, commenter, que les révoltes, les meurtres, les viols et les attaques à main armée ; mais, s'est-on demandé quelle petite cause, parfois, déchaîne ces violences, quel petit fait provoque tout à coup une glissade, une chute, une explosion intérieure ? Ma vie a été tranquille et raisonnable, mais, de jour en jour, je m'émerveille de tous ces mouvements insoupçonnés qui me causent plus d'émoi que l'on ne saurait croire. J'étais sûre de cela ; et, me redressant sur le canapé, je regardai Paul en me taisant : une sorte de paix venait de ce qu'enfin j'étais sûre d'une chose. Mais Paul ne comprenait rien à ce silence. Hésitant, il offrit :

– Écoute, si ce treillis doit te mettre dans de tels états et te rappeler tant de souvenirs, c'est absurde : je vais l'ôter et on n'en parlera plus.

– Non ! m'écriai-je, non, je t'en prie, surtout pas !

Je ne regrettais ni d'avoir retrouvé ce souvenir si vivant, ni d'en avoir souffert, ni d'en avoir finalement compris le sens. Cela m'avait enrichie ; blessée, mais enrichie.

– Non, lui dis-je, laisse, ce n'est rien : ce ne sont que des souvenirs qui reviennent comme cela, en passant.

Il s'excusa, surpris, et un peu réprobateur :

– Je ne savais pas que c'était si important !

Je lui ai souri, sans lui répondre. J'avais failli lui dire : « Je ne le savais pas non plus » ; mais à quoi bon ? Il n'aurait pas compris.

Pourtant, comment le nier ? Cette journée lointaine, où nous avions posé le treillis jaune, avait été, sur le moment, joyeuse ; mais je n'y avais jamais repensé depuis lors. D'ailleurs, ce jour-là, tel que nous l'avions vécu, n'avait pas été pour nous un jour d'exception. Nous avions été contents de réussir. Mais la présence saisissante du bonheur, à l'état pur, ne pouvait être perçue que plus tard, une fois brisés l'enchaînement de l'action et l'élan vers l'avenir. Le bonheur ne peut prendre son éclat que dans le souvenir, après coup. Alors, parfois, il resurgit, paré d'un éclat irremplaçable ; il vous suffoque et vous éblouit.

Le bonheur ne rayonne jamais autant que lorsqu'il a échappé à la fuite des jours et à l'urgence de la vie réelle, pour reparaître soudain enveloppé, non plus dans un treillis de plastique jaune, mais dans une impalpable résille d'or.

L'ÉCUREUIL

Comme nous passions un jour, Richard et moi, dans une allée de notre jardin, nous avons entendu, à peine distinct, un tout petit gémissement, comme l'appel d'une minuscule créature en difficulté. Intrigués, nous avons regardé partout, écarté les feuilles, cherché : en vain ! Mais, certains d'avoir entendu quelque chose, nous avons été chercher le précieux Marcelin, qui veille sur le jardin et connaît la campagne. Marcelin a écouté attentivement, a entendu le timide petit appel, et, sans hésiter, il a été droit à une grosse touffe de seringa, aux branches serrées ; il les a écartées d'un geste sûr, a plongé son bras jusqu'à l'épaule et, tout fier et sûr de lui, a ramené de ce creux insolite un jeune animal apeuré qui remplissait sa large main : un bébé écureuil ! Il nous montra le corps fragile, la queue déjà formée et le regard terrifié des deux yeux proéminents ; puis, désignant le grand pin à quelques mètres de nous, il commenta sobrement :

– Il est tombé, tombé du nid.

Ce pin était, en effet, celui que nous appelions l'arbre aux écureuils. On en voyait parfois dans ses branches, et Marcelin avait même installé une planchette à hauteur d'homme, où il plaçait régulièrement un peu d'eau et des noisettes émiettées ou autres douceurs qu'apprécient les écureuils.

Le jeune animal semblait n'être même pas blessé. Marcelin le touchait, le palpait : par miracle, il semblait indemne. Il devait être tout jeune. Peut-être n'était-il pas tombé du nid lors d'un essai de première promenade ; mais le fait est qu'il nous semblait encore tout à fait fragile. Que faire ? Il n'aurait pas pu se défendre contre une attaque quelle qu'elle fût ; il ne pouvait même pas se dépêtrer du buisson dans lequel il était tombé. Marcelin le prit et l'emporta au creux de sa grande main brune ; puis, allant chercher dans la remise, il en rapporta une sorte de cage improvisée dans laquelle il installa la petite bête, lui préparant, avec une tendresse surprenante chez ce gros homme si fort, un délicat lit de feuilles bien douillet, de quoi boire, de quoi se restaurer, de quoi vivre en quelque sorte, en attendant mieux. Paul nous avait rejoints, fasciné. Il se coucha aussitôt à plat ventre devant la cage, regardant de tous ses yeux l'animal qui tressaillait encore de frayeur. Nous lui avons recommandé de ne pas le toucher, de ne pas lui faire peur, de ne pas même lui parler, car il était sûrement très troublé et n'avait pas l'habitude des êtres humains : Paul resta silencieux et respectueux, en adoration devant la petite bête. La fragilité attire l'émotion : Paul était tombé amoureux du jeune écureuil.

Marcelin aussi, en un sens ; car il se donna dans les jours suivants un mal extraordinaire. Ne voulant pas que l'écureuil fût enfermé là sans pouvoir se déplacer, ni même respirer, il fabriqua une sorte de laisse de taille réduite, qu'il passa autour du cou de l'animal, et il lui fit faire quelques pas dehors, soigneusement, comme on promène un petit chien. Ce fut une courte promenade, puis une plus longue. Nous assistions, naturellement, à ces séances quotidiennes : contrairement à ce que nous avions pensé, Richard et moi, le petit écureuil semblait s'en tirer et s'attacher à la vie.

L'incident survint lors de la troisième promenade. Elle commença fort sagement, le petit écureuil se promenait, paisible et docile, quand, tout à coup, sans que nous ayons même pu voir comment, il s'était libéré du collier de sa laisse, avait fui droit vers l'arbre aux écureuils, nous avait faussé compagnie : déjà, de ses jeunes griffes pointues, il s'accrochait à l'écorce et remontait, tant bien que mal, dans l'arbre où il était né. Bien soigné, il avait repris des forces, et avec l'agilité naturelle de son espèce, il avait filé.

Nous étions tous témoins, même Richard ; et nous étions là à observer, le souffle coupé mais un peu fiers, le retour imprévu et réussi de l'enfant prodigue vers sa famille. Après tout, nous l'avions bien traité, et il était beau de penser qu'il allait retrouver une vie normale. Mais les choses ne tournèrent pas comme on pouvait le prévoir. Il arriva, pauvre petit, au niveau de la planchette et se glissa gauchement jusqu'à elle. Mais la planchette n'était pas libre : un écureuil s'y trouvait déjà, occupé à un agréable repas ; il était beaucoup plus gros que notre protégé et c'était, très certainement, ou son père ou sa mère. Allions-nous assister aux retrouvailles ? J'eus le temps de saisir Paul par l'épaule et de lui murmurer : « Tu vois, il retrouve ses parents ! » Parole imprudente ! Au même moment, l'écureuil adulte se retourna d'un trait et mordit de toutes ses forces l'enfant prodigue, au cou nous sembla-t-il. Il y eut un hurlement de douleur, une fuite à travers les branches, des halètements, quelques craquements, et puis plus rien.

Cela avait été rapide, brutal, consternant. Après un instant de silence, Paul releva la tête vers moi et me dit, tout décontenancé :

– Il l'a mordu…

C'était une constatation, et une interrogation pressante. Il insista d'ailleurs, répétant, avec stupeur :

– Son père l'a mordu !

Et il avait raison : il n'y a pas des dizaines d'écureuils dans notre arbre ; il y a simplement un couple avec ses enfants. Il ne pouvait s'agir que de son père ou de sa mère. Allez expliquer cela à Paul ! Je voyais bien qu'il était troublé. En plus, la chose avait été si brusque et si inattendue que la surprise ajoutait au scandale.

Richard sentit qu'il devait à son fils une explication sérieuse et vraie. Il expliqua à Paul :

– Il ne l'a pas reconnu. Tu comprends, il a vu quelqu'un qui venait chez lui pour lui prendre sa nourriture par surprise et, avant même de savoir, il s'est défendu en le mordant ; il a dû avoir peur et, je le répète, il ne l'a pas reconnu.

Marcelin, lui, ne se posait pas tant de problèmes. Il s'esclaffa :

– Ça, il l'a bien mordu ! Quand je pense à tout le mal que nous nous sommes donné pour lui, il n'y a vraiment pas de justice !

Il avait l'air enchanté, mais sa formule résumait bien le problème qui bouleversait le petit Paul. Il voulait comprendre pourquoi, et il faut admettre que c'était pour lui un choc un peu fort, de s'être attaché à cet animal et puis de voir, tout à coup, sous ses yeux, la violence éclater, non seulement sans motif apparent, non seulement en vertu de la loi du plus fort, mais entre parents proches, entre gens qui devraient s'aimer. Il y avait là quelque chose de difficile à accepter pour lui. Après tout, les grands drames sont des drames entre proches. Il ne connaissait pas l'histoire des Atrides et toutes les tragédies qui s'en sont inspirées. Mais il voyait le mal entre l'enfant et son papa.

Devant son air toujours troublé, Richard reprit ses explications :

– Il n'a pas eu le temps ; mais de toute façon, je te répète qu'il ne l'a pas reconnu, et il faut que tu saches que les animaux quelquefois ne reconnaissent pas leurs enfants, quand ils en ont été séparés longtemps. Ils en prennent soin au début ; ils peuvent très bien ensuite ne pas les reconnaître…

Paul ouvrait de grands yeux effrayés et Richard précisa :

– Ce n'est pas comme les hommes, rassure-toi. Je ne vais pas t'oublier ! Je ne vais pas te mordre, mon petit Paul !

L'enfant sourit poliment et je compris aussitôt que la déclaration de son père lui avait plutôt ouvert des horizons qu'il ne soupçonnait pas. L'hypothèse avait été écartée, mais, du même coup, elle avait surgi, ahurissante, dans l'esprit de Paul. Il ne comprenait pas très bien, et se sentait tout à coup entouré de dangers totalement imprévus. Je m'en rendis compte et j'essayai d'enchaîner très vite, en attirant son attention ailleurs. Mais on n'étouffe pas ainsi un problème qui a commencé à germer, une frayeur qui a fait son apparition. J'ai bien vu que, en rentrant, il ne prenait pas la main de son père, qu'à table il semblait protéger du bras son couvert et son pain, jetant de petits regards interrogateurs sur nous, comme s'il guettait une surprise. Je ne dis pas qu'il était ainsi continuellement, mais, pour moi qui ne cesse de l'observer, je voyais les petits signes se multiplier : la découverte de la violence chez le gros écureuil le laissait perturbé. Cela se comprend : c'était la découverte du mal, et il n'avait que cinq ans.

Je n'en ai pas parlé à Richard, qui n'a jamais aimé ces considérations psychologiques et plus ou moins psychanalytiques. Mais j'ai eu une idée ; et, le lendemain soir, prenant Paul à part sur la terrasse, j'ai dit que j'avais revu le petit écureuil et qu'il allait très bien. Il gambadait dans l'arbre, comme quelqu'un qui a trouvé sa place et son bonheur sur terre :

– Il allait vraiment bien ? s'enquit Paul, qui, manifestement, était en totale sympathie avec le bébé qu'il avait connu.

Alors je me lançai et lui dis que, d'ailleurs, nous n'avions peut-être pas bien compris la conduite du gros écureuil, que j'appelais son père pour simplifier. S'il avait mordu le petit à son retour à la maison, c'est parce qu'il était très fâché contre lui : le petit avait dû désobéir, s'approcher trop près du bord, mal prendre son élan, fait ce qu'on lui avait recommandé de ne pas faire, et ainsi était tombé d'une mauvaise chute, qui aurait pu le tuer, et on avait été plusieurs jours sans avoir de ses nouvelles. Pour lui faire comprendre que c'était une très vilaine conduite et qu'il fallait être plus prudent pour sa propre sécurité, il lui avait aussitôt infligé une punition.

Ce n'était pas mal : je sauvais, d'un seul coup, le principe de la justice dans le monde, celui de l'obéissance au sein de la famille, et de la prudence pour les petits.

– Mais il lui a fait mal ?

– Oui, parce qu'il était très fâché et qu'il voulait le faire comprendre à l'autre, pour toujours. Alors il l'a mordu fort. Mais, tu sais, même chez les hommes, il y a des parents qui punissent très sévèrement leurs enfants quand ils ont désobéi, ou commis une imprudence, ou risqué de se faire du mal. On peut essayer d'expliquer, comme je t'explique ; mais, tu sais, il y a des parents qui frappent leurs enfants pour qu'ils comprennent. C'est ce qu'a fait le papa écureuil ; et d'ailleurs il n'a pas été si cruel, puisque, le lendemain, le petit allait très bien et gambadait dans l'arbre, je l'ai vu ! Il l'a simplement mordu, il lui a fait peur, pour son bien !

– Mais qu'est-ce qu'il avait fait comme bêtise ?

– Cela, nous ne le savons pas. Nous n'étions pas là, avant. Il avait forcément fait une bêtise, puisqu'il est tombé de si haut, et ses parents devaient être d'autant plus fâchés qu'ils avaient été très inquiets pour lui pendant plusieurs jours.

Mon affaire devenait de plus en plus édifiante ; et je crois qu'elle correspondait à ce que le petit pouvait comprendre. C'est qu'il en faut, des mensonges, pour leur donner l'idée d'un monde en ordre et leur apprendre à bien se conduire ! Il en faut, des arrangements et des inventions ! Paul sembla convaincu et, après m'avoir redemandé des nouvelles du petit écureuil, s'en alla jouer, le cœur tranquille. Le soir, je racontai mon histoire à Richard, qui se moqua beaucoup de moi ; il me félicita d'avoir inventé du même coup les argumentations classiques sur les délais de la justice divine et les règles fondamentales de la société. Il se déclara plus inquiet sur l'effet de mon sermon : il se moquait gentiment de moi – il se moque volontiers de mon optimisme.

Il faut l'avouer : quand il se moque de mon optimisme, celui-ci, par réaction, renaît et se renforce. Je ne dis rien, mais, au fond de moi, une petite voix murmure – et elle a murmuré ce jour-là : « Mais, après tout, cela pourrait être vrai. » Sans que je le dise, renaissait en moi un peu de cette confiance dans le monde que je venais de ranimer dans le cœur de mon fils.

*

L'ennui est que, quelques jours plus tard, l'écureuil occupa de nouveau toute notre attention. Un écureuil, en tout cas : car de savoir si c'était le fils ou le père ou la mère ou Dieu sait quel cousin, nous n'en eûmes pas le temps. Nous étions installés sur la terrasse et Paul jouait à nos pieds, quand nous entendîmes un énorme froissement de feuillage et des bonds et des cris, juste à la limite de la terrasse. En une seconde, nous pûmes distinguer : c'était un écureuil qui bondissait de branche en branche, poursuivi par une pie. Il y avait des cris, des détours, des sauts en tous sens, un désordre de feuilles. Déjà ils étaient passés, tous deux, dans le platane voisin, puis dans les deux ormeaux. Il faut dire que notre terrasse est entourée comme d'une ceinture d'arbres, où précisément les écureuils aiment à se déplacer. Mais là, c'était la bataille ! Une bataille sauvage et inexplicable, dans laquelle l'écureuil bondissait, se blottissait, tournait, bondissait encore, alors que l'oiseau, volant lourdement à travers les feuillages encore jeunes et vigoureux, s'acharnait avec rage. On entendait des cris, des bruissements, des couinements. Le tout ne dura sans doute pas une minute et la scène se déplaça d'arbre en arbre vers notre droite ; mais c'était une lutte héroïque et, semblait-il, une lutte à mort. Je pensais en frissonnant que Paul devait être bouleversé de crainte et d'horreur.

Richard s'était levé, et, suivant avec passion la scène, il s'écria : « Elle va l'avoir ! Elle va le tuer ! »

Je ne saurais pas préciser, maintenant, en rapportant cette petite scène, sur quel ton exactement il le dit. Il était pris de pitié pour la petite bête qui allait céder à son persécuteur : mais, en même temps, il suivait les péripéties de l'action avec l'excitation que comporte toujours un tel spectacle. Il était un peu comme lorsque, dans une course de taureaux, on guette, haletant un peu, quel va être le vainqueur. J'ai l'air de couper les cheveux en quatre et de chercher à compliquer ce qui est simple. Mais rien n'est tout à fait simple ; et le glissement d'un sentiment à l'autre ne fut peut-être pas sans conséquences.

En quelques instants, tout fut terminé. Mais nous ne sûmes jamais comment cela s'était terminé : la poursuite avait entraîné les deux belligérants trop loin de nous. Mais il était presque certain que l'on trouverait plus tard les restes du malheureux écureuil au pied d'un arbre.

J'espérais que Paul ne le saurait jamais ; mais je redoutais pourtant l'effet qu'aurait sur lui cette scène si brutale. Pour l'instant, il ne disait rien ; il était comme abasourdi et peut-être fier d'avoir assisté à un événement rare ; mais je pensais que sa tendresse pour l'écureuil devait donner à cet événement un caractère tragique.

Au bout d'un moment de silence, il murmura ce petit mot qui lui était si familier et nous embarrassait toujours tant :

– Pourquoi ?

Richard se retourna, et, tout de suite, expliqua :

– Parce que la pie peut voler, bien entendu ! L'écureuil va vite, mais il ne vole pas. C'était sûr et certain qu'il aurait le dessous !

Paul ne dit rien. Je comprenais très bien qu'il avait voulu demander, non pas pourquoi la pie allait gagner, mais pourquoi la pie avait déchaîné cette affaire et cherchait à tuer l'écureuil. Il avait voulu demander une fois de plus : pourquoi le mal ? pourquoi la violence ? Il aurait fallu lui expliquer – mais lui expliquer quoi ? Je ne savais même pas pourquoi, en fait, la pie avait attaqué. Elle ne se nourrissait pas, je pense, d'écureuils. Était-ce pour lui voler ses provisions ? Mais il y avait tant de cruauté dans sa poursuite, que l'explication ne suffisait pas. Était-ce une hostilité d'espèce ? Mais je crois bien qu'ils s'étaient rencontrés souvent dans nos arbres et je n'avais jamais rien remarqué de tel. Et de plus, comment expliquer à Paul une telle idée d'une différence d'espèce amenant la haine, la bataille, la tuerie ?

J'eus le temps de sentir s'ouvrir pour moi le gouffre de toutes ces questions ; mais Richard avait répondu dans un autre registre ; il avait répondu à la question « Pourquoi va-t-elle réussir ? » Et, chose curieuse, cela sembla suffire à Paul.

J'étais partie, moi, dans l'autre direction et les arguments commençaient à tourner dans mon esprit : s'il avait insisté, qu'aurais-je pu lui dire ? Je n'aurais pas pu inventer quelques méfaits antérieurs de l'écureuil, cela ne tenait pas debout ! D'ailleurs, l'écureuil semblait si inoffensif ; la pie, elle, était voleuse : voleuse, donc, probablement aussi, violente. Et je me rendais compte que, faute d'arguments pour prouver que son action était juste, je serais obligée de lui expliquer qu'il y avait des êtres malfaisants, des haines inexpliquées entre les espèces ou les individus : bref, j'en serais venue à dire qu'il y avait des êtres nuisibles par nature et qu'il faut se méfier d'eux ; j'en serais venue, comme les apologistes de la religion chrétienne à un moment de leur histoire, à inventer le rôle de Satan pour innocenter Dieu, et la méchanceté de la pie pour justifier cette poursuite !...

Par bonheur, le petit Paul semblait rester figé, encore émerveillé par la scène à laquelle il avait assisté ; pour le moment, il ne me demandait rien et j'en fus, je l'avoue, soulagée. Il fallait pourtant que je me prépare : il s'était trop attaché au petit écureuil pour ne pas se poser, une fois l'émoi du combat passé, des questions auxquelles il me faudrait répondre.

Toute la journée il ne dit pas un mot de l'épisode : ce silence était même un peu bizarre. Je savais qu'il avait été secoué par ce combat inattendu et je savais son attachement pour la victime. Peut-être les questions mûrissaient-elles lentement en lui, sans qu'il sût les formuler.

Mais j'avais tort de m'inquiéter, vraiment tort !

Le lendemain matin, comme je sortais de la maison, je vis mon garçon qui courait comme un fou autour de la terrasse en poussant des cris et en agitant les bras. Je m'approchai et j'observai sa curieuse agitation. Il battait l'air de ses bras, comme si c'étaient des ailes ; il bondissait en sauts irréguliers et violents à la manière des enfants quand ils veulent imiter un cheval en train de galoper ; il agitait la tête, et soudain je compris : il imitait la pie – une pie furieuse et menaçante et il courait et se déchaînait ; avec horreur, j'entendis qu'il criait : « Je vais t'avoir ! Je vais te tuer ! » Il haletait en proférant ces menaces, qui reprenaient, mot pour mot, la remarque qu'avait faite Richard la veille. Il s'identifiait à la pie ; il voulait tuer l'écureuil ; il n'avait aucune pitié pour la victime ; il s'abandonnait tout entier à la joie d'une violence qui allait triompher ! Il ne fallait pas s'étonner qu'il n'eût pas posé de questions : tout ce qu'il avait retenu était l'ivresse de la bataille et l'excitation du combat. Il était vraiment un petit homme, prêt pour toutes les batailles et toutes les querelles.

Ce fut comme si mon cœur dérapait et s'épouvantait. Je m'étais tant inquiétée pour lui, pour ses tendresses et sa délicatesse, et voici qu'il appartenait déjà, lui aussi, à la race des destructeurs !

Sur le moment, je ne sus que faire. Je m'approchai et le vis passer titubant, ruisselant de sueur, les yeux brillants, emporté vraiment par la passion de la victoire. Alors je fus prise d'une inspiration : je m'approchai derrière lui et, profitant de ma taille, je me penchai et l'attrapant à bras-le-corps, en pleine course, je le saisis contre moi en criant : « Et moi je suis le lion et je t'attrape. » Arrêté court dans son élan, il rit aux éclats. Il était encore tout chaud et surexcité, mais se blottissait contre moi comme si tout était normal et joyeux. Ce fut seulement au bout d'un moment, après avoir repris haleine, qu'il me demanda : « Alors, tu es le lion ? » Et moi, d'une voix terrible, je répondis :

– Oui, je suis le lion !

Alors il réfléchit un instant et, reprenant l'esprit d'enquête et d'interrogation si cher aux enfants, il me demanda si les lions mangeaient les pies ! Me voilà bien ! Il me fallait en savoir, des choses ! Je fus très ferme : j'expliquai qu'ils se rencontraient rarement, mais que le lion ne pouvait pas manger la pie, parce que celle-ci volait et que le lion ne volait pas. Les enseignements de Richard me venaient en aide au bon moment.

– En tout cas, moi, le lion, je t'ai attrapé.

Dans mes bras, l'enfant paraissait ravi – ravi de mon étreinte, mais encore plus ravi de savoir qu'il pouvait, grâce à ses ailes, fondre sur sa proie sans devenir lui-même la proie d'un autre.

Il me regarda de ses yeux bleus, parfaitement candides. Il était le pur esprit de bataille et de triomphe ; et il était en même temps – oui, en même temps, et c'était là le plus terrible – l'image même de l'innocence.

NOËL AUX TISONS

Cette année-là, mon fils Paul n'était pas avec nous pour Noël : il était allé aux sports d'hiver avec une bande d'amis, et nous avions décidé d'aller sagement passer ces jours de fête à Maupertuis. J'avais invité, pour ce bref séjour, Étienne Delors, qui travaille pour les mêmes éditions d'art que moi, depuis des années, et qui se trouvait au dernier moment sans projet. Il savait que ce serait un Noël tranquille, dans le silence et la paix des collines du Lubéron, sans aucune festivité particulière.

Je me rappelle que nous avons dîné, simplement et gaiement, à la maison. Après le dîner, nous sommes sortis un moment, bien emmitouflés, sur la terrasse. L'air était vif : il nous parut glacial. Il faisait une nuit claire, avec un ciel rempli d'étoiles, et un silence parfait enveloppait les collines. L'impression était belle, mais inhumaine. Rien, dans le paysage qui nous était offert, ne nous invitait ni ne nous accueillait ; le froid nous donnait envie de nous réfugier ailleurs, à l'abri – comme si tout cet espace autour de nous n'avait été que le signe d'une absence, et presque même une menace. D'un commun accord, nous nous sommes empressés de tirer les volets de bois et les gros verrous, heureux de nous réfugier loin de cette nuit inhabitée. Un moment de flottement intervint : nous hésitions à prendre place, nous abordions des conversations, abandonnées aussitôt. Il régnait un indiscutable malaise ; et je commençais à me demander si cette retraite à trois avait été une bonne idée. Ailleurs, les gens se retrouvaient, festoyaient et échangeaient des cadeaux ; et nous étions là, trois adultes approchant de la quarantaine, n'osant ni prétendre célébrer Noël, ni vraiment ignorer que c'était un jour à part.

Après un moment de silence et après avoir déplacé machinalement quelques revues sur la table basse, je murmurai, comme pour moi seule :

– Je me demande ce que fait Paul en ce moment…

Paul avait presque toujours été avec nous à Noël. Que de souvenirs joyeux ! J'avais guetté sur son visage le regard émerveillé de l'enfance, découvrant les surprises et savourant les jours d'exception. J'avais aimé à le réveiller le lendemain matin et à l'emmener, pieds nus, découvrir ce que contenait son soulier devant la cheminée. C'était une fête que de lire sur son visage sa naïve confiance. Mais tout cela était loin. Il avait grandi ; il s'était éloigné de nous ; et, en ce soir de Noël, il n'était pas avec nous. Dans la maison vide, livrée à des adultes en peine, je sentais comme un fil tendu entre lui et moi – tendu par la distance, tirant en moi, prêt à se rompre. Bien entendu, il avait seize ans. Il devait vivre une vie à lui. Mais ce fil en moi tirait terriblement fort, et en vain.

Je devais avoir l'air passablement morose, car, lorsque je lâchai cette petite plainte, Richard me regarda et dit, avec netteté :

– Mais, si tu veux le savoir, tu n'as qu'à téléphoner à sa pension : il doit être là et ce sera gentil ; il est parfaitement normal de téléphoner le soir de Noël…

Je pense que Richard, qui marque moins que moi ses sentiments, devait lui-même désirer ce contact avec notre fils, ce soir-là entre tous les soirs ; mais il n'osait pas se l'avouer ; d'où son indulgence à mon propre désir.

– Tu crois ? demandai-je, pleine d'espoir.

Étienne renchérit aussitôt, suggérant que, peut-être, Paul n'en avait pas moins envie que nous.

Par une sorte de superstition secrète, alors que je m'apprêtais à céder, je voulus d'abord téléphoner en premier à ma belle-mère. Oui, ce serait une façon de rendre le geste rituel et banal…

En réalité, je faisais ce petit sacrifice pour ne pas attirer le regard du destin. J'eus donc avec ma belle-mère une conversation brève et inutile.

C'était juste pour attendre, pour prétendre qu'il s'agissait bien d'un rite, et non pas d'un brûlant et secret désir.

Enfin, je fis le numéro de la pension de Paul. Tout de suite, j'ai regretté de l'avoir fait. Je l'ai eu au bout du fil, étonné : manifestement, je le dérangeais. Il y avait beaucoup de bruit autour de lui. Il devait crier et moi, bêtement, je criais aussi. Il y avait à l'arrière-plan des éclats de rire, des moqueries, des cris de filles, dans un remue-ménage de verres entrechoqués ; du moins, c'est ainsi que j'interprétai ce tintamarre qui me séparait de lui et me restituait une atmosphère terriblement étrangère. Je hurlais des encouragements maternels déplacés et vains, lui demandant s'il allait bien, l'obligeant ainsi à des réponses d'enfant ; et c'était, dans ce brouhaha, des « Comment ? Tu dis ? », puis encore : « Je voulais seulement te souhaiter un bon Noël ! » Bientôt, il me sembla percevoir des voix, dans cette masse de jeunes, qui se moquaient de son innocence ; j'entendais, ou plutôt mon imagination croyait entendre, des exclamations moqueuses, ridiculisant ce fils poursuivi par sa mère, aux cris de : « Oui, maman ! » et « Je suis bien sage, maman ! ». Les jeunes sont ainsi, ils avaient dû boire un peu trop pour fêter Noël… Mais le contact que j'avais espéré tournait à la dérision, creusant une distance encore bien plus grande entre Paul et moi.

Je jetai un coup d'œil vers Richard : je comptais, à l'avance, lui passer l'appareil ; mais imposer à Paul et maman et papa était vraiment trop. Le pauvre gosse faisait des efforts pour être gentil et stupidement il me demandait : « Il fait beau ? », comme si le temps qu'il faisait à Maupertuis pour nous trois avait la moindre importance ; et il répétait : « Non, non : je te demande s'il fait beau ! » C'en était ridicule. Il était loin, déjà, dans l'espace, et cette communication grésillante et irrégulière rendait le fait presque oppressant. Il était avec des inconnus plus ou moins bien élevés, dont je ne savais rien ; et il était un garçon en train de faire la fête, qui n'avait plus rien de commun avec l'enfant d'autrefois.

Assurément, je ne suis pas idiote – j'ai toujours su qu'une communication téléphonique peut être plus ou moins réussie, qu'elle peut tomber plus ou moins bien et qu'il ne faut pas en tirer de conclusion : Paul n'était pas changé du tout au tout ; il redeviendrait mon garçon comme avant.

Pourtant était-ce si sûr ? Revient-on jamais en arrière ? Paul n'était pas avec nous pour ce Noël, mais il y en aurait beaucoup d'autres ainsi ; il serait de plus en plus dans des lieux inconnus avec des amis inconnus ; et peut-être n'oserais-je plus si facilement lui téléphoner pour savoir comment il allait… Le temps passe, il faut l'accepter. Et ce premier Noël sans lui, dans cette maison solitaire, n'était que le début des renoncements à venir. Les autres fois, ce ne serait pas toujours aussi pénible et mal accordé, mais ce serait quand même de plus en plus la séparation.

En fait, j'étais bouleversée. Quand je revins vers les deux hommes, j'avais comme l'impression d'avoir été battue, secouée, vidée de toute ma force. J'aurais pu pleurer. Je tentai de faire bonne figure, en expliquant qu'ils étaient une bande de jeunes et que la communication était mauvaise, comme si cela n'avait été qu'un mince accident de parcours. Les deux hommes ont vu mon désarroi : ils m'ont offert des consolations banales et mensongères : « En tout cas, il va bien ! » ou « Il s'amuse : c'est de son âge… ». Mais le silence tomba sur nous.

Pour échapper à ce fardeau qui m'oppressait, j'essayai n'importe quelle suggestion : je voulais effacer cette impression, l'oublier, m'en libérer. Je proposai d'appeler ma sœur et nous avons regardé l'heure : ma sœur devait être partie pour la messe de minuit, qui, naturellement, ne se tenait pas à minuit là où elle se trouvait. Là-dessus, nous avons échangé des remarques sur l'heure et la fréquence des messes de minuit, ce qui n'avait aucun intérêt. Je faisais à peine attention, étouffée par le sentiment d'un vide dont je n'arrivais pas à sortir.

Tout avait contribué à m'en donner le sentiment l'échec cuisant de la conversation avec Paul, l'effort vain pour trouver à qui il serait bien de téléphoner, et puis cette maison isolée au milieu de la campagne froide, abritant ainsi, bêtement, trois adultes désœuvrés et inutiles.

Nous restions comme paralysés, ne sachant pas quoi faire de nous, chacun étant enfermé en lui-même.

Avec gêne, au bout d'un moment, Étienne finit par se lancer timidement :

– Est-ce que cela vous paraîtrait indiscret, si j'essayais à mon tour…

Il montrait le téléphone du menton, incertain et intimidé. J'en éprouvai, dans ma peine, un bref amusement : c'était à lui, à présent, de souhaiter à toute force établir un contact avec quelqu'un qui lui manquait. Et je devinais bien qui était ce quelqu'un. La vie sentimentale d'Étienne avait toujours été compliquée et semée de petits drames. Tout le monde savait qu'il avait eu une liaison avec Sabine, qu'ils avaient rompu, puis tenté de reprendre leurs anciennes relations, et que rien de tout cela n'était facile. J'avais voulu parler à Paul ; il voulait, le pauvre, parler à Sabine : j'en étais sûre ! Je ne savais d'ailleurs pas pourquoi elle était à Paris, et lui avec nous, pourquoi il n'avait pas cherché à passer les fêtes avec elle, ou pourquoi elle avait refusé ; mais je l'encourageai vivement à se servir du téléphone. J'offris même de le brancher à l'étage, s'il préférait, mais il refusa, se contentant de nous tourner le dos, pour parler face au mur. Et il a parlé le plus bas possible.

Car il a parlé, lui ! Il n'a pas eu à hurler des

sottises par-dessus un désordre de voix hostiles. Il a pu parler, oui, mais il semblait ne jamais pouvoir finir une phrase. J'ai échangé un regard avec Richard qui était, comme presque tout Paris, au courant de la situation ; et nous avons deviné que tout n'allait pas très bien. Il commençait des phrases, mais, apparemment, la fameuse Sabine lui coupait la parole ; et elle ne semblait pas répondre à son attente. Il insistait : « Non, je voulais seulement vous souhaiter... », « Oui, pardonnez-moi, mais... », « Ah, parce que vous n'êtes pas seule... », « Oui, oui, vous m'aviez dit... » ; et puis comme elle avait dû l'interroger sur le temps (comme Paul), il put au moins finir sa phrase et expliquer qu'il faisait une très belle nuit, avec beaucoup d'étoiles. Là où nous voulions trouver quelqu'un, quelqu'un de cher, on nous parlait météorologie, obstinément. Le pauvre Étienne arriva enfin à redire en une phrase complète : « Je voulais juste vous souhaiter un bon Noël ! » Il l'avait dit sans enthousiasme, avec l'air d'un chien battu.

En fait, il s'en tirait mieux que moi, mais lui aussi, quand il revint vers nous, semblait rester accroché à sa décevante conversation. Il murmura, ce qui paraissait correspondre plus à son souci secret qu'à un désir d'information : « C'était Sabine, et elle n'était pas seule non plus. Du moins n'ai-je entendu, moi, aucun bruit... » Cela voulait dire, sans l'ombre d'un doute, que Sabine était avec une seule personne, et non pas avec un groupe ; et il aurait sans doute préféré un groupe. À en juger par les répliques que nous avions entendues, Sabine n'avait pas dit avec qui elle était.

Il s'assit lourdement et, désireux à son tour de prendre un air dégagé, il nous annonça : « Il paraît qu'il y a un peu de neige qui tombe à Paris. » Nous avons apprécié cette information : il fallait s'habituer à cette météorologie, qui venait en surimpression sur tout ce que l'on aurait voulu dire et que l'on ne disait pas. Cela devenait dérisoire. D'ailleurs, je ne comprenais pas bien les démêlés sentimentaux dans lesquels se débattait Étienne. Il était mon ami, mais que savais-je de tous ses problèmes ? Entre Sabine et lui, qu'y avait-il ? Que devais-je comprendre ? Et comprend-on jamais les autres, même ses amis ? J'avais l'impression qu'il m'échappait un peu, lui aussi ; pourtant, je me rappelle que j'ai été touchée par son regard triste, quand il m'a dit :

– Apparemment, nous n'avons pas beaucoup plus de chance l'un que l'autre avec nos appels téléphoniques.

Puis, se tournant vers Richard, il demanda :

– Et toi ? Tu n'as personne à appeler, pour que nous soyons tous à égalité ?...

Richard me surprit, car il eut l'air de s'excuser en répondant :

– L'appel à Paul était de notre part à tous les deux...

Et puis, paraissant franchir un pas important :

– Mais, puisque vous me provoquez, il y a quelqu'un à qui ce serait peut-être gentil de téléphoner.

Et se tournant vers moi :

– Tu te souviens de la petite Gertrude Klein, la petite secrétaire, celle qui venait m'apporter des papiers quand j'étais immobilisé il y a deux ans ? Je crois bien qu'elle est toute seule, sans famille ni rien… Ce serait peut-être gentil… Qu'en dis-tu ?

Richard avait l'air curieusement implorant. L'idée de téléphoner, un soir de Noël, à une petite secrétaire abandonnée du ciel et de la terre était assurément une idée louable, mais qui n'était guère dans le style de Richard. J'abondai en approbations, le félicitant de cette excellente initiative ; mais, en même temps, je m'étonnais à part moi et m'inquiétais un peu. Je n'avais jamais eu à penser que Richard m'était infidèle. Qu'il m'ait trompée, ici ou là, au cours de ses voyages, j'étais prête à le croire ; mais ce n'était rien de sérieux ni de durable – rien, en tout cas, de sentimental. Cette sollicitude pour une petite jeune fille solitaire semblait plus suspecte. Je n'en fus pas inquiète, mais un peu étonnée et gênée ; et cet obscur malaise instaura entre nous un sentiment accru de solitude. Il n'y avait rien de grave ; mais je ne m'étais jamais beaucoup interrogée sur ses relations avec ses associés et son entourage professionnel ; et voilà que, de ce côté aussi, une part d'ombre et d'inconnu surgissait, inattendue. Oui, même la vie de Richard présentait pour moi des aspects dont j'ignorais tout.

Comme je l'approuvais et l'encourageais sans réserves, il avoua :

– Elle m'avait dit que ce serait un Noël très solitaire… C'est pour cela que je pensais…

Bref, il téléphona. Ou plutôt il fit le numéro. Il le vérifia d'abord dans un carnet (rapidement, je dois le reconnaître), mais la sonnerie resta sans effet. Il la laissa fonctionner longuement, puis raccrocha : cette jeune fille solitaire et abandonnée n'était pas à la maison. Il constata bêtement :

– Elle n'est pas à la maison. Pourtant elle m'avait dit… Cela n'a d'ailleurs aucune importance !

Étienne, obéissant aussitôt à la solidarité masculine, fit remarquer qu'elle pouvait avoir eu une occasion de dernière minute, ou bien être sortie pour tromper sa solitude : tout cela était évident, mais le pire est que – j'en suis vraiment certaine – devant ces remarques, Richard rougit légèrement. Ce fut comme une ombre, presque rien. La cause pouvait être simplement l'importance absurde que prenait cet effort inutile. Richard ne rougit jamais. J'étais assez lucide pour le remarquer, assez lucide aussi pour me dire que cela n'avait pas d'importance : manifestement, il ne savait pas où elle était, il n'était pas avec elle, il ne savait rien d'elle. Et puis je connais Richard, ses impulsions, sa générosité, sa mobilité ; mais je le savais aussi incapable d'une intrigue de ce genre. Il n'empêche que, lorsqu'il revint vers nous, il n'était pas plus fier que nous ne l'avions été, Étienne et moi. L'impression de solitude et d'abandon se fit très lourde sur la maison.

Nous échangions des banalités, poliment. La soirée traînait, chacun ruminant en secret ses soucis et ses échecs, dont le poids semblait d'autant plus lourd qu'il était moins explicable.

Ce fut alors que se produisit en moi un véritable dérapage. Il ne s'était rien passé et pourtant le cœur me manquait. J'avais l'impression qu'il n'y avait plus rien à attendre, de personne. Était-ce la vieillesse qui venait, ou qui était venue ? Était-ce elle qui interrompait tout et rendait tout échange impossible ? Ou bien était-ce la solitude inévitable de tout être humain qui croit communiquer avec l'un ou avec l'autre, mais reste muré en lui-même ? Je ne savais plus pourquoi, mais j'aurais pu crier de chagrin et d'abandon.

Et puis je nous sentais enfermés – enfermés tous les trois dans cette maison, sans raison, sans amis, sans lien profond entre nous ; je nous sentais condamnés, comme à perpétuité ; je nous sentais voués à un silence que rien, jamais, ne pourrait rompre. Ma maison était comme un blockhaus : rien ne pouvait y pénétrer, rien ne pouvait en sortir. La nuit était sur nous et nous faisions semblant de vivre, indéfiniment. Cela me parut insupportable. Nous nous sommes tus, attendant et n'attendant rien. Je ne sais combien de temps cela dura. Cela me parut interminable. Si je ne craignais pas de révéler tout ce qu'il y avait d'absurde et d'injustifiable dans le sentiment qui m'écrasait, le vrai mot serait celui de désespoir.

*

Tout à coup, au milieu de notre prostration, le téléphone sonna. J'échangeai immédiatement un regard avec Richard : après tout, nous étions mari et femme et nous avions partagé tant de choses ! Nous avons été traversés ensemble par le même espoir absurde que peut-être c'était Paul qui, pour une raison ou une autre, nous rappelait. J'ai bondi et, naturellement, ce n'était pas lui. Déroutée, je sais que je fis répéter : « Quoi ? Qui êtes-vous ? » Puis : « Comme c'est gentil ! » ; et puis des remerciements, des « Merci ! Nous sommes si touchés !… Oh oui, joyeux Noël ! » Plus je remerciais et plus l'attendrissement pénétrait en moi, libérant mes membres et mon souffle.

Car le miracle venait de se produire : tout ce fardeau, soudain, avait été ôté de mes épaules, comme cela, sans raison, en un instant. Qui donc avait surgi, pour produire en moi cet effet ? Ce n'était personne, ou presque personne : comme je l'expliquai aux deux hommes, c'était simplement mademoiselle Gabrielle, qui avait été, pendant un peu plus d'un an, la demoiselle de compagnie de ma belle-mère.

Richard répéta, dérouté et comme reconnaissant mal le nom : « Mademoiselle Gabrielle ? » Nous l'avions presque complètement oubliée. Je dus préciser les souvenirs que la conversation téléphonique venait de me rappeler :

– Il y avait eu un dîner, l'an passé, avec des petits cadeaux pour chacun…

– Nous lui avons fait un cadeau ?

– Oui, modeste : un petit sac, tu te souviens ? Et voilà qu'elle y pense encore. Tu imagines cela ! Alors qu'elle n'est plus avec ta mère depuis si longtemps !

Je parlais avec exubérance et animation. Ce geste d'affection imprévu ouvrait la porte par laquelle toutes les joies, toutes les gratitudes, toutes les tendresses, pénétraient à nouveau en moi. Je leur expliquai quel mal la pauvre fille avait dû avoir pour apprendre que nous étions à Maupertuis, et trouver le numéro de téléphone, tout cela pour nous apporter, comme un bouquet, ce témoignage de reconnaissance.

À ce moment, Étienne posa quelques questions sur cette demoiselle, Richard rappela des souvenirs à propos de ce dîner de l'an passé et nous nous sommes tous demandé pourquoi elle avait quitté ma belle-mère et ce qu'elle était devenue depuis lors. Nous parlions tous les trois, animés et transformés. Comme si ce petit appel, presque anonyme, nous avait soudain rendu vie, nous avons décidé d'allumer un feu de bois avec des bûches du jardin.

Les hommes ont été chercher les bûches; Richard, qui est très fier de ses talents en ce domaine, a préparé le feu, l'a allumé, a surveillé avec un intérêt joyeux les progrès de la petite flamme qui passait des brindilles aux bûches. Nous avons alors tiré les fauteuils devant la cheminée; et, tout à coup, cela s'est mis à ressembler à Noël. Étienne, qui n'avait presque rien dit de la soirée, semblait remis de sa conversation avec Sabine. Il regardait le feu et, bientôt, il se mit à célébrer la tranquillité de ce Noël au coin du feu, disant combien il détestait l'agitation de Paris en ces jours de fête. En revanche, il avait une fois passé le jour de Noël à Rome, et cela avait été merveilleux. Lentement, en rêvant, il évoqua les gens allant et venant dans les rues après la messe de minuit. Sur les places, les églises étaient éclairées; il était monté avec des amis en haut des escaliers de la place d'Espagne; et Rome était à leurs pieds, offerte et lumineuse, tintant vaguement de carillons, alors que le haut de la colline était parfaitement tranquille dans l'air serein de la nuit; des gens étaient assis sur les marches à toutes les hauteurs; d'autres étaient groupés, en bas, autour des fontaines; on avait l'impression que Noël était vraiment une naissance, un début et une réjouissance. « Il faut dire que j'aime tellement Rome… »

Le feu dans la cheminée se mit à crépiter, lançant de temps en temps de brusques bouquets d'étincelles, qui semblaient chassées par une poussée intérieure à la bûche, et retombaient en gerbes, comme les feux d'artifice que l'on imaginait autour de Rome. Richard regardait son feu avec la fierté de celui qui a réussi : il n'y avait plus trace en lui du moindre regret pour la moindre secrétaire. Comme nous, il se représentait Rome ; et ce rêve, sans doute mêlé d'imaginations diverses, se déployait pour nous comme si nous y avions nous aussi assisté, ou plutôt comme si nous étions en train d'y assister nous-mêmes.

Après un silence, Richard murmura :

– Je n'ai jamais été à Rome pour Noël ; mais nous y avons été deux fois à Pâques – à Pâques ou bien l'été, je ne sais plus ; mais je sais bien qu'il n'y a eu aucun de ces séjours qui n'ait comporté des moments de grâce sans pareille…

Il leva les yeux vers moi et je lui souris :

– Tu te rappelles, les restaurants de la Piazza Navona, le loisir, le dépaysement, et les fontaines avec la folle profusion de leurs statues entremêlées.

L'évocation des bonheurs passés envahissait le calme de la maison où, tout à l'heure, je me sentais comme étouffée. Ils nous rendaient, avec notre jeunesse enfuie, ces souvenirs qui restent en nous pour toujours et auxquels nous ne pensons pas assez souvent. Et, soudain, je m'émerveillai de tous les moments radieux que nous avions pu, au cours des années, connaître ensemble. Une brève pensée me traversa : au moment du déjeuner Piazza Navona, Paul n'était pas encore né. Et pourtant ces moments faisaient partie de moi, eux aussi. Étienne demanda alors, très doucement :

– Et la Grèce ? Connaissez-vous la Grèce ?

Il ne voulait pas parler de l'Acropole ou de Delphes. Il passait simplement de souvenir précieux en souvenir précieux ; et il se mit à évoquer une petite île proche de la côte d'Asie Mineure, où il avait une fois vécu deux mois entiers. Il est banal de célébrer le bonheur que l'on peut goûter lors de vacances dans une île grecque ; mais l'évocation n'en est pas moins, à chaque fois, sincère et vivace ; un homme qui s'occupe d'art sait évoquer les lieux, les couleurs, l'atmosphère. Il nous parla de la maison et des oliviers ; il évoqua aussi un chemin descendant vers la mer et une autre maison toute blanche, dans la lumière de l'été, blanche avec un mur blanc et un toit blanc, et sur ce blanc, nous disait-il, il y avait un chat, un chat, blanc lui aussi, immobile et hiératique, en blanc sur blanc, se détachant dans la lumière du ciel et de la mer. Il semblait attendre, attendre que le temps s'écoule ; et il était si immobile, que l'on pouvait se demander si vraiment il existait ou si c'était une image rêvée, une image en blanc sur blanc. Il ajouta :

– Le blanc, vous savez combien cela peut être beau, et plusieurs blancs !… Vous, ma chère, vous connaissez les blancs d'Oudry ? Si j'étais peintre, j'aurais voulu fixer cette image ; mais elle s'est fixée en moi.

Nous, nous étions là, dans la demi-obscurité de la pièce, regardant le feu, à évoquer le blanc de l'été grec.

Le feu, comme s'il eût été jaloux de notre attention, réagit par une sorte de petite explosion. Étienne ajouta sans rime ni raison :

– Sabine était là, dans cette île…

Il ne semblait pas souffrir de l'opposition entre ses difficultés actuelles et ce bonheur trop tôt interrompu : c'était une remarque en passant, pour compléter le tableau d'un bonheur, pour créer un lien de plus avec un ailleurs rempli de joie et d'aisance.

Nous étions comme protégés – protégés du mal et de la rancune, protégés de l'absence et de la solitude. Sans rien dire, je fixai des yeux une braise qui s'était détachée dans le feu. Elle vivait et respirait. Elle passait par les couleurs diverses qui vont du rose au rouge, puis au jaune pâle, pour s'éteindre dans la grisaille et soudain repartir avec éclat. À sa surface courait comme un frémissement, suggérant toute une vie secrète, et l'on pouvait, en la regardant, se laisser aller à la même mobilité, passer d'un souvenir à l'autre, comprendre que tout communique et que, soudain, tel moment flamboie, s'allume, s'éteint, revient.

Des noms retentissaient dans nos évocations, juste des noms, comme des appels magiques, Bagdad, Ispahan, tout pouvait être appelé, suscité, rougeoyer soudain dans notre imagination : ils représentaient à la fois un souvenir pour les uns, un espoir pour les autres, des images nées de lectures, des possibilités ouvertes vers l'avenir. Et puis, Dieu sait comment, nous en sommes revenus à la douceur de Paris et des paysages trop connus, que l'on ne regarde pas assez, mais qui vous font un accompagnement tout au long de la vie. Richard a évoqué les villages africains et le claquement discret des pieds nus sur la terre battue : cela a suffi à l'un de nous pour mentionner le pas léger des enfants courant au bord du bassin du Luxembourg pour suivre et accompagner leur bateau sur l'eau parmi les autres. La braise dans le feu avait pâli ; les souvenirs se rapprochaient ; mais de temps en temps, un éclat chatoyait encore, soudain vivant et lumineux. Je savais que la braise allait s'éteindre, noircir et tomber en cendre, je savais que nous n'aurions pas toujours l'esprit ainsi libéré pour accueillir ces rêves et ces souvenirs. Mais, dans le moment présent, la vie était là, peuplée, irisée, et sans limites. On ne savait plus ce qui était le passé ou le futur, le réel ou l'imaginaire : dans le silence de la maison, tout se rejoignait.

Je voudrais dire l'étrange impression que j'ai alors ressentie. Cette maison perdue dans les collines n'était plus l'étroite demeure, loin du monde, dans laquelle nous étions comme enfermés et condamnés à la solitude : la maison qui avait été comme le nœud de nos solitudes, coupée de tout ce que nous aimions et avec qui nous ne pouvions pas correspondre, eh bien, elle était devenue soudain le centre d'un réseau ouvert sur le monde entier. Pas seulement sur les nôtres et nos proches, pas seulement sur nos voisins et nos amis : c'était comme si des fils de la vierge infiniment brillants, solides et souples étaient jetés de partout dans le monde, pour venir se retrouver sous notre toit, éléments d'un immense réseau, fragile et lumineux, nous reliant à tout l'univers. L'étoile n'avait-elle pas fait signe, de loin, aux Rois Mages ? Une petite braise fragile brillait dans le coin de notre cheminée, prenant le relais de l'étoile.

Il était si simple d'être assis là, et de sentir autour de nous tous ces pays de beauté, toutes ces expériences et aussi tous ces êtres humains que nous ne connaîtrions jamais, mais que nous aurions pu aimer.

C'était un merveilleux Noël. Nous avons parlé ainsi jusqu'à plus de minuit, à loisir ; un lien précieux s'était établi entre nous trois et, de façon imprécise, avec tous les autres au-delà. Une trêve avait suspendu les inquiétudes et les désirs secrets : c'était Noël.

Quand nous nous sommes enfin séparés, non sans nous être affectueusement embrassés l'un l'autre, je suis restée quelques instants en bas, pour mettre la grille devant le feu, ranger les verres qui traînaient et remettre les fauteuils en place. Revenant alors au rythme des choses régulières, je me suis demandé : « Pourquoi ? » Qu'était-il arrivé ? Pourquoi ce gouffre de désolation au début de la soirée, et puis cette trêve soudaine et inexplicable ? Il fallait bien le reconnaître : il n'était rien arrivé, qu'un petit appel téléphonique, modeste, imprévu, presque anonyme. Je m'arrêtai un instant, immobilisée par l'étonnement : est-ce que, peut-être, le principe même de Noël n'était pas ce geste presque impersonnel vers quelqu'un d'autre ? Je n'aurais jamais osé le dire et j'ose à peine l'écrire aujourd'hui ; mais, à cette question étrange, tout mon être, et mon souffle, et le sang dans mes veines répondaient : oui !

Je suis montée bien vite à notre chambre, et nous n'en avons plus parlé.

*

La braise qui rougeoyait dans le feu a dû s'éteindre en quelques minutes. Richard lui-même devait mourir moins de deux ans plus tard. Le miracle du jour de Noël n'a donc pas duré. Mais il subsiste dans mon souvenir ; et ce souvenir dépose en moi comme un sédiment de paix et d'espérance, qui m'aide à vivre.

Et j'ai tout de même donné une très belle écharpe à mademoiselle Gabrielle : elle le méritait largement.

LE SECRET

J'étais dans la maison de Maupertuis, seule, quand Julia vint m'annoncer un visiteur étranger. Surprise elle-même de tant de solennité, elle me tendit une carte de visite qui ne me dit rien : colonel G. Surer, et une adresse à Anvers en Belgique. Naturellement, je l'ai reçu. C'était un homme dans les soixante-dix ans, un peu raide, un peu cérémonieux, mais qui semblait parfaitement courtois. Il m'expliqua qu'il se trouvait en séjour à Clairbois ; or, Clairbois était, dans le Lubéron, l'ancienne propriété de ma tante Marie, la sœur aînée de ma mère : elle y vivait toute l'année, son mari allant régulièrement travailler à Lyon. J'adorais tante Marie ; j'adorais être chez elle. C'est elle qui m'avait appris la joie des collines, des promenades, de l'air parfumé de lavande, et le charme des soirs d'été sous un ciel semé d'étoiles. Elle me les nommait, les étoiles, comme elle me nommait les oiseaux ou les plantes. Pour moi, elle représentait la sagesse et la bienveillance. Elle représentait aussi une sorte de refuge et j'aimais me blottir contre ses larges jupes de toile Vichy grise où j'aurais voulu me fondre à jamais, préservée de tout. Je ne peux pas dire que je l'aimais plus que ma mère, mais elle était liée à ces vacances et à ces joies de la campagne qu'elle connaissait mieux que personne. Quel âge avais-je alors ? Peut-être de dix à seize ans, ou un peu moins. Tout ce que je sais est qu'elle m'accueillait à Clairbois et que, lorsqu'elle mourut quelques années plus tard et que le domaine fut vendu, j'en éprouvai une âpre nostalgie. Je dois même avouer que, si j'ai insisté auprès de Richard pour que nous achetions la maison de Maupertuis, située elle aussi dans le Lubéron bien qu'à une cinquantaine de kilomètres, c'était, de toute évidence, pour imiter et retrouver quelque chose de ces années passées jadis auprès d'elle. L'inconnu arrivait de Clairbois, il avait bien fait de le dire tout de suite : je ne pouvais que l'accueillir, avec même quelque émotion.

Pourtant, dès l'abord, l'homme me déplut : je n'aimais pas son visage lisse de vieillard trop bien conservé ; je n'aimais pas ses manières trop solennelles pour la campagne ; je n'aimais pas son sourire, qui me parut insolent sur ses lèvres trop minces. Ou peut-être est-ce que j'imagine après coup que son sourire était insolent…

Les premières explications furent courtoises et naturelles : il se trouvait en séjour chez des parents à lui qui étaient les actuels propriétaires de Clairbois ; il avait un peu connu ma tante autrefois. Or, il avait retrouvé, par hasard, au fond d'un secrétaire, un paquet de vieilles lettres qui lui avaient manifestement appartenu. Elles sont, me dit-il, « très belles, très émouvantes ».

Un moment j'hésitai, bizarrement choquée et tentée de savoir :

– Des lettres d'elle ?

– Oui, dit-il, des lettres d'elle et des photos, mais des lettres, surtout, d'un autre – d'un homme…

Je répétai bêtement :

– D'un homme ?… Et vous les avez lues ?…

– Oui, dit-il, simplement : je les ai lues et, après les avoir lues, il m'a paru impossible de les détruire : elles traduisaient une vraie passion, une passion totale.

Je restai muette. Je ne suis pas bégueule, je sais que les femmes ont des liaisons et vivent des amours ; mais ma tante Marie !… Celle qui incarnait la sagesse, une femme plus âgée que ma propre mère et qui devait avoir passé la quarantaine, une femme qui vivait à la campagne, enveloppée en des jupes paysannes, et qui semblait ne vivre que pour ses tâches quotidiennes !… Je ne pouvais passer de cette image à l'autre, de ma confiance enfantine à ce brusque changement de perspective. Tout à coup, j'imaginai ce corps un peu lourd, contre lequel j'aimais tant me réfugier ; et je l'imaginai soudain offert aux caresses d'un inconnu. J'étais choquée, et comme interloquée. Je détestais cette révélation ; et je détestais l'homme qui s'était autorisé à lire ces lettres, puis à venir m'en parler. Me cramponnant à ce détail concret, je demandai :

– Et vous saviez que j'existais ? Vous étiez peut-être venu à Clairbois autrefois ?

– Je savais que vous étiez sa nièce.

Il n'avait pas répondu à l'autre question, qu'une angoisse obscure me força à répéter :

– Vous étiez venu à Clairbois ?

Il attendit, et, avec un mince sourire, répondit :

– Parfois.

Soudain, le soupçon grandit en moi : qui était ce visiteur et quel était son rapport avec l'auteur des lettres ?

– Et ces lettres… vous savez de qui elles sont ?

– Elles sont signées Georges. Quelquefois simplement d'un G majuscule.

Il parlait avec netteté, mais avec prudence – une prudence suspecte. Instinctivement, je jetai un coup d'œil sur sa carte : « Colonel G. Surer ». « G. » pouvait être l'initiale de « Georges ». Je n'osai pas le lui demander et, même s'il s'appelait Georges, ce n'était pas une preuve, le prénom est très répandu. J'aurais pu savoir : j'aurais pu lui proposer de noter son adresse, avec le nom complet. J'étais si horrifiée par l'hypothèse que je n'osai pas le lui demander. Mais il avait vu mon regard ; et il ne fit aucun commentaire.

L'idée que ma tante Marie ait pu vivre un grand amour secret était déjà difficile à accepter : l'idée qu'il pût s'agir de ce vieil homme, aux lèvres minces et au sourire à la fois sec et indiscret, me donnait presque la nausée. Un instant, de façon à peine consciente, je voulus me représenter une étreinte entre ces deux êtres : mon dégoût s'y refusa : c'était impossible... Mais je ne pouvais détourner de lui mon regard : il avait, dans son immobilité même, quelque chose de reptilien.

De plus, si c'était lui, comment imaginer l'audace de venir m'apporter, tant d'années après, ses propres lettres d'amour et étaler ce scandale devant quelqu'un qui ne savait rien ? Je le regardais, incrédule et horrifiée, à peine capable de parler.

J'étais assise tout au bord de mon fauteuil, les jambes tirées sous moi, comme si une sorte de marée répugnante menaçait à chaque instant de m'atteindre. Et pourtant une protestation naïve m'échappa :

– Elle n'aurait pas voulu que tout cela soit connu, de personne.

Je levai les yeux : mon regard croisa le sien, insistant, brillant, trop persuasif :

– Pourtant, dit-il, elle les avait conservées, et précieusement rangées...

Il se tut, sans attendre de réponse, puis ajouta :

– Et puis, vous verrez, elles sont si belles !...

À ces mots, mes soupçons vacillèrent : pouvait-il parler de la sorte si les lettres étaient de lui ? Peut-être était-il un témoin froid et objectif, simplement indiscret. J'avais été frappée par l'initiale de son prénom ; or, une initiale ne prouve rien.

De toutes mes forces, j'aurais voulu savoir ; mais rien, je crois, ne m'eût fait prononcer les mots qui m'auraient à jamais renseignée.

Il me demanda, pour finir, si j'aurais plaisir à revoir Clairbois, car les propriétaires actuels seraient très heureux de m'y accueillir, quand je le souhaiterais. Il précisa même, aimable et presque humain, que j'y retrouverais sans doute des souvenirs qui m'étaient chers. Il semblait avoir retrouvé la parole, notre colonel ! Mais son empressement même contribua à me rendre l'idée odieuse. Je répondis, très femme du monde :

– Vous les remercierez de ma part. Nous verrons plus tard, mais je ne tiens pas tellement, je vous l'avoue, à retrouver des souvenirs du passé ; ils m'apporteraient sans doute plus de chagrin que de douceur.

Cela n'était pas vrai, naturellement. J'aurais pu retrouver, à Clairbois, les lieux de mon enfance et tous les recoins de ce jardin que j'avais si bien connu autrefois. Et la véranda et le petit bois : j'aurais voulu y être encore ; mais pas avec lui, pas grâce à lui, pas à la faveur de cette masse de mensonges, d'incertitudes et de défiance.

Je dois l'avouer : certains individus suscitent chez moi un dégoût instinctif, finalement proche de la haine. C'était comme s'il m'avait volé quelque chose d'essentiel, pour venir ensuite devant moi s'en vanter, le sourire aux lèvres ! J'ajoute, ce qui n'est pas très logique, qu'il me paraissait vieux, trop vieux et trop racorni pour être le Georges que ma tante avait jadis si étrangement aimé. Bien entendu, des années s'étaient écoulées depuis lors ; mon interlocuteur était, à l'époque, plus jeune ; mais il n'avait pas le genre, pas le ton, pas la manière ! Je souhaitais passionnément qu'il ne fût pas « Georges ».

Peut-être ne l'était-il pas. Peut-être était-il seulement un vieil homme trop content de mêler les autres à ses curiosités malsaines.

De toute façon je le détestais ; et, quand je le vis s'éloigner, du haut du petit perron où j'étais restée raide comme la justice, j'eus le sentiment que quelque chose de vilain et de dangereux s'éloignait enfin sur la route.

*

De retour dans la maison, je m'effondrai dans un fauteuil : j'étais en proie à une angoisse que je n'arrivais pas à définir. Je regardais le paquet de lettres avec la ficelle dorée et maintenant usée par le temps, dont jadis Marie l'avait entouré. Je ne désirais pas lire les lettres : j'avais peur de ce que je lirais ; mais il avait parlé de photographies et je voulus, malgré tout, renouer au moins avec les images. J'allai jusqu'au paquet, le défis et, en tâtonnant, repérai une photographie. Mais je cherchai bien : il n'y en avait pas d'autres, il n'y avait qu'une seule photographie et, sur ce point du moins, il m'avait menti. C'était une petite image de ma tante, debout sous les arbres, parée de son châle turquoise et souriant. Je la regardai longtemps, retrouvant la silhouette familière et l'expression amicale que j'avais aimées. Elle était sur cette photographie exactement telle que je l'avais connue, avec la même tendresse chaleureuse et sereine. L'image me restituait le passé, mais me donnait aussi envie de comprendre pourquoi cet homme – ce Georges ! – avait eu cette photographie et la lui avait rendue, au lieu de la conserver. Qu'elle la lui eût prêtée était une marque de confiance et d'intimité ; mais pourquoi « prêter » ? Pourquoi l'avait-il rendue ? Pour comprendre, je dégageai la lettre qui paraissait correspondre à la photographie. J'allais la lire – celle-là seulement ! Mais je jetai un coup d'œil autour de moi : n'importe qui pouvait entrer, me trouver avec ce paquet de lettres, et je ne saurais comment m'expliquer. Hâtivement, je pris le tout et montai vers la pièce de débarras, tout en haut de notre maison, où personne n'allait jamais. Je m'installai sur un petit siège d'enfant, remisé là depuis longtemps, je tirai vers moi une caisse vide où j'installai le précieux paquet, et j'attendis.

Peu à peu, l'image du visiteur s'effaçait ; je l'oubliais ; sa place avait été prise pour moi par l'image de ma tante. Il ne s'agissait plus de lui, mais d'elle et de l'amour qu'elle avait inspiré.

Alors, je me décidai : je sortis la lettre que j'avais mise à part, et qui était manifestement la première, et je commençai à la lire : celle-là seulement ! La première impression ne fut pas mauvaise. L'écriture était petite, un peu serrée, mais plutôt distinguée ; le ton était amical et confiant, affectueux sans doute, mais jamais possessif ni vulgaire. Il l'appelait seulement « Amie » ; il lui envoyait cette photo, prise par lui, comme j'aurais dû le deviner, au sortir d'une réunion chez des voisins de campagne ; et il évoquait cette première rencontre en des termes si chaleureux, que, peu à peu, je me mis à lire avec une sympathie croissante. Il rappelait comment elle, si noble, si fière, apparemment si hors d'atteinte, avait, ce jour-là, répondu à toutes ses propositions par un « oui » tout naturel, comme si elle les avait attendues. Il avait proposé, au lieu de se quitter, d'aller prendre un verre au café du village ; elle avait accepté ; et ils avaient parlé et parlé encore, avec une merveilleuse facilité. Ils avaient bu un pastis, puis un autre pastis, en regardant vaguement les joueurs de boules ; la soirée était douce. Il en était ébloui comme d'un cadeau que lui eût fait la vie : « Vous étiez sereine et joyeuse et c'était un pur bonheur que de vous regarder vivre. J'aimais déjà vous voir porter le verre à vos lèvres, remonter d'un geste négligent votre châle sur l'épaule, et sourire à tout de vos yeux bruns. Ô mon amie, comme j'aimais vous regarder et comme je vous revois encore en pensée aujourd'hui – "un rêve inaccessible, qui tout à coup devient réel". »

Je le connaissais bien, ce geste de ma tante, remontant son châle d'une main négligente ! L'auteur de la lettre me la rendait soudain présente : il avait su la voir mieux que moi. Il avait vu en elle ses facultés d'épanouissement que j'avais méconnues. C'était la retrouver et la découvrir tout ensemble. Une reconnaissance étonnée montait en moi comme une onde bienfaisante.

Lentement, j'ai lu toutes les lettres ; j'ai dû y passer plus d'une heure : d'une certaine manière, là, proche et vivant, je découvrais l'amour. J'étais mariée, j'étais heureuse en ménage, mais il demeure vrai que cet amour-passion, avec ce don total de soi-même, ne m'était jusqu'à présent connu que par la littérature ; or, voici qu'il m'était livré, tout proche, à côté de moi, dans son souffle même ; et j'en demeurais stupéfaite. Il disait tout si simplement ! Il évoquait en des termes presque enfantins la douceur et la tiédeur de son cou, la fraîcheur de ses lèvres. Cela encore, je pouvais le connaître ; mais les transports des retrouvailles et l'abandon complet – non, je le découvrais à présent grâce aux lettres. Quelquefois, c'était une exclamation, un adjectif en passant, une allusion voilée ; mais il rayonnait de ces simples mots une telle chaleur de confiance réciproque que j'en restais saisie. Je ne connaîtrais jamais un tel amour, la plupart des gens ne le connaissent jamais ; et pourtant, la preuve était là, cela existait.

Oublié, le sinistre colonel qui m'avait rendu visite : seul restait – et combien proche ! – l'auteur des lettres, l'amant sans nom et sans visage. Quand je lisais son initiale au bas des lettres, celle-ci ne désignait plus une personne aujourd'hui vivante : comme on sent vivre en soi un personnage de roman, il était à jamais celui qui avait aimé ma tante et qu'à ma façon, en rêve, j'aimais aussi. C'est ainsi, dans ce débarras solitaire, que le glissement se fit. J'avais d'abord vu l'étrange interlocuteur que j'avais eu sous les yeux et qui peut-être avait été l'amant. Il m'avait fait horreur. Puis la présence de ma tante m'avait été rendue et j'avais oublié le visiteur : les lettres n'étaient que celles d'un être proche, lié à elle par un lien mystérieux, et dont je connaissais la tendresse, mais pas l'identité.

Et il était si chaleureux, si confiant ! Il devenait un peu l'amour – l'amour comme dans un roman, l'amour comme chacun en rêve. Ce qu'il lui écrivait s'adressait, à travers elle, à moi. Son secret devenait le mien.

Ainsi faut-il comprendre ma réaction : comme s'il s'agissait de moi, je décidai de cacher les lettres ; je les glissai dans un interstice derrière une lourde armoire et, tranquillement, je redescendis.

*

Je me sentais enrichie et allégée. Je m'habillai avec soin, presque avec coquetterie, pour le retour de Richard – comme fait une femme qui a quelque chose à cacher. Quand il rentra le soir, il me demanda ce qu'il y avait de nouveau et je dis que j'avais eu la visite d'un habitant de Clairbois qui m'avait apporté une petite photo de ma tante. Je lui montrai la photo.

– C'est tout ? demanda-t-il.

Je répondis sans broncher :

– Il y avait aussi une ou deux lettres dépourvues de tout intérêt et il m'a proposé de retourner en visite à Clairbois, mais j'ai refusé.

Richard s'étonna :

– Pourquoi, cela t'aurait fait plaisir de revoir l'endroit.

– Pas tellement, répondis-je, et l'homme n'était pas très sympathique.

Cette dernière formule disait enfin la vérité.

Je n'avais pas l'habitude de mentir à Richard, ni de garder, par rapport à lui, aucun secret. Mais je n'avais pas le moindre remords, presque au contraire. Avoir un secret est comme posséder un trésor caché.

De même que le petit Paul arrive à dissimuler ses cailloux les plus précieux dans le creux d'un vieil arbre, de même que tous les enfants du monde se construisent des abris qui ne sont qu'à eux, je sentais mon secret comme un avantage tombé par hasard en ma possession et qu'il n'était question de partager avec personne.

Oui, j'étais peut-être naïve, mais j'étais sûre de moi et enrichie de certitude.

Ce fut seulement après le dîner que Richard avisa la carte de visite restée oubliée sur le guéridon. Il me demanda :

– C'est l'homme qui est venu ?

Je fis oui de la tête ; alors il lut la carte et il me dit :

– « Colonel Surer »... mais je crois bien que j'ai rencontré, il y a quelques années, un colonel Georges Surer, un Belge en effet, qui s'occupait d'une affaire de transports...

Je n'ai rien répondu. La question que j'avais réussi à chasser de mon esprit revenait pour être soudain résolue : le visiteur de l'après-midi s'appelait bien Georges. Mais je ne suis pas sûre que, sur le moment, je le crus tout à fait. Je sentis un bref élancement, comme quand on effleure un nerf qui a naguère été douloureux ; mais j'écartai cette pointe de déception, ainsi que tous les problèmes qui s'y rattachaient. Mon imagination avait trop bien travaillé à séparer le visiteur et l'auteur des lettres : je ne parvenais plus à les réunir. Par une réaction de défense, je remis la question à plus tard. Ensuite, par une autre réaction de défense, je m'en rends compte, je n'ai plus cherché à les faire se correspondre. Je me suis refusée à donner un visage à ce Georges, devenu apparemment si différent du passé, et qui avait aimé une femme qui n'était plus.

J'ai gardé le souvenir des lettres, comme on garde quelque chose de précieux, mais je ne les ai jamais relues ; et l'ensemble s'est entouré d'une aura de mystère, à laquelle je ne voulais pas toucher, et chargé d'un fardeau de mélancolie, qui parfois m'étreint le cœur, sans que j'ose lui donner un nom.

L'ACCIDENT

La maison de Maupertuis, dans le Lubéron, a toujours été pour moi le lieu de la sérénité. Je ne saurais dire pourquoi ; mais les plantes, elles aussi, se trouvent mieux quand elles rencontrent un certain sol et une certaine exposition : elles s'y épanouissent mieux qu'ailleurs. Le jour dont je veux parler, je m'y trouvais avec Richard, mon mari, pour quelques jours de vraies vacances. Le matin, nous étions allés faire des courses dans la ville d'Apt, et nous voulions, en particulier, faire réparer notre télévision, en panne depuis un certain temps. Quand Richard est là, tout est en mouvement : il y a toujours des courses à faire, et tout ce qui demande réparation doit trouver son réparateur. Notre fils, Paul, devait ce jour-là prendre l'avion pour l'Espagne ; bien qu'il n'eût alors que dix-neuf ans, il avait déjà voyagé seul en avion à plusieurs reprises : nous pensions donc vaguement à ce voyage, et cette pensée était en nous comme un feston à peine visible autour de nos activités ;

elle n'était pas une cause d'inquiétude. Nous savions qu'il nous téléphonerait le soir, et aussi qu'il était enchanté de cette expédition. Richard n'était pas fâché de retrouver chez son fils ce goût des voyages qui commandait sa propre existence.

Nous avions traîné longtemps en ville. Richard voulait dire un mot à l'un, poser une question à l'autre, se renseigner pour tel achat possible : il est ainsi, et je ne le changerai pas. Résultat : nous sommes rentrés très tard à la maison et l'heure normale du déjeuner était largement dépassée quand je lui ai servi un repas quelque peu improvisé. Dès que nous eûmes fini, Richard, agacé de devoir rester encore trois jours sans télévision, alla chercher le petit poste de radio qui traînait dans la chambre d'amis et commença à le tripoter, pour tenter d'avoir quelque bulletin de nouvelles. Je me rappelle si bien ! J'étais assise à côté de lui, buvant lentement mon café, et il passait de poste en poste, faisant entendre une série cacophonique d'émissions entremêlées. Puis il se pencha, me fit signe de la main, précisa le son : c'était, en effet, sur un modeste émetteur local, un bulletin d'informations.

Des informations ? Un instant, nous en avons douté ! La nouvelle était si invraisemblable que nous avons cru tout d'abord à un feuilleton imaginaire ; mais il s'agissait bien des nouvelles. Il était arrivé ce qui n'arrive jamais : un accident de métro en plein Paris !

On n'imagine pas un instant un accident de métro ! On prévoit un accident d'auto, ou de moto et, naturellement, d'avion ; on prévoit aussi un accident dans la rue, un choc avec un véhicule, une agression, un vol subit ; on prévoit même, dans le métro, une chute, ou une porte qui se referme trop vite ou un portefeuille tombé sous la voiture, que sais-je ? Mais, je le répète, on ne pense pas à un accident de métro. On ne prévoit pas ce qui était apparemment arrivé : qu'une rame de métro, lancée à pleine vitesse, déraille brusquement à la station, se couchant sur le quai, dans un fracas de vitres brisées, de tôles défoncées et de cris en tous sens. Cela semble impossible. Ces voitures soigneusement téléguidées, contrôlées par des écrans de toute sorte et circulant, de plus, sur des rails, le long des quais ou dans d'étroits tunnels faits à leur mesure, qui les enserrent comme une gaine ou comme un étui, cela ne paraissait pas croyable. Or, c'était pourtant ce qu'annonçait ce maigre bulletin d'informations, que l'on entendait à peine. Cela était arrivé, disait-il, à la fin de la matinée ; il y avait, naturellement, des blessés ; mais on avait tout de suite procédé à l'évacuation, envoyé sur place des médecins et des psychologues, et les gens étaient soignés dans un groupe médical, installé juste à la sortie du métro. Et c'était bien le bulletin aussi qui, si bref qu'il ait été, avait parlé du fracas du verre et de la tôle et aussi décrit des voyageurs. Nous ne l'avions pas inventé. Nous nous sommes regardés l'un l'autre avec des yeux agrandis par la surprise.

*

J'ai connu des accidents de voiture ; et la télévision ou le cinéma ont gravé en nous des images où la violence se déchaîne. Le bulletin de nouvelles avait été emphatique, mais bref ; il laissait la place libre à l'imagination. Voici, en effet, que j'entendais, presque comme si j'avais été sur place, ce bruit des tôles froissées, du verre cassé et les cris des voyageurs. J'entendais aussi l'espèce de plainte inhumaine d'une machine lancée à pleine vitesse et soudain stoppée ; par-dessus tout, j'entendais l'émiettement si particulier du verre incassable qui se brise en mille morceaux, tandis que des fragments plus importants se détachent et s'écrasent sur le sol avec une sonorité mate. Tout cela résonnait en moi et se prolongeait indéfiniment ; j'entendais même les appels et les cris de douleur, quand chacun perd l'équilibre, que les voyageurs tombent les uns sur les autres, qu'ils ne savent plus ce qui se passe, mais appellent sans savoir qui, ni pourquoi, de toutes leurs forces. Je voyais la masse enchevêtrée des corps et les visages tournés en tous sens, exprimant la stupeur et le désarroi. Je voyais tout cela et j'entendais tout ce bruit, et les craquements de la tôle dont l'écho semblait se prolonger en moi indéfiniment.

– Quelle histoire ! s'exclama Richard. C'est à peine croyable… Si ce n'est pas un attentat…

– Cela ne semble pas être un attentat : la rame n'a simplement pas ralenti ; il y a eu quelque chose d'incontrôlé. Mais il est vrai que c'est ahurissant : le métro semble le seul moyen de transport pour lequel une collision n'ait pas de sens.

Il semblait plus dérouté que vraiment ému ; il cherchait à comprendre ; pourtant, il a ajouté :

– En tout cas, pour ces gens, cela a dû être un fameux saisissement : tu imagines ?

J'essaie de me rappeler exactement les mots qu'il a prononcés et ce que j'ai ressenti. Car j'ai conscience de m'être montrée, dans toute cette affaire, étrangement déraisonnable ; même après coup, je voudrais comprendre pourquoi. Je pense qu'en parlant de « saisissement », il a dû raviver en moi l'impression de tout ce verre brisé et de ces cris qui m'avaient hantée dès le début. Pourquoi l'avais-je si fortement ressenti ? Sans doute parce que l'accident était si inhabituel ; et aussi parce que l'évocation avait résonné dans notre grande salle à manger claire et tranquille, où tout était paisible. Toujours est-il que j'ai à nouveau perçu, en pensée, ce fracas terrifiant. Mais je crois bien que j'ai entendu, surtout, les autres mots que prononçait Richard, quand il disait « pour ces gens ». Pour la première fois, à cause de ces trois petits mots, je cessais de me représenter l'accident sous une forme objective et impersonnelle, comme une image offerte sur un écran de télévision : je pensais, enfin, aux personnes qui avaient été prises dans l'accident à cet endroit-là, à ce moment-là. Et c'est alors, je crois, que de façon insidieuse, mais irrésistible, une hypothèse que je ne distinguais pas encore clairement se frayait son chemin en moi, cherchant à atteindre le seuil de la conscience. Après tout, quand une mère entend parler d'un danger, il est normal qu'elle pense aussitôt à son fils. De façon encore confuse et presque furtive, j'ai senti monter cette peur ; j'ai balbutié :

– Heureusement que Paul…

Là, je me suis arrêtée : les mots une fois prononcés, l'hypothèse était devenue précise et consciente ; elle m'avait comme coupé le souffle. Je ne crois pas avoir vraiment pensé que Paul pouvait se trouver dans le métro ; je n'ai pas réfléchi ; il n'y avait dans ma crainte rien de logique ni de rationnel ; il y avait seulement un obscur sentiment qui m'a poussée à demander, d'une voix presque suppliante :

– Il ne pouvait pas être dans ce métro ? Voyons, il était bien convoqué à Roissy à midi, n'est-ce pas ? Et l'on a dit que l'accident avait eu lieu « en fin de matinée » ?…

L'hypothèse était si folle que Richard me lança un regard assez dur, comme surpris de ma déraison :

– Qu'aurait-il fait dans un métro, je te le demande. Tu vas chercher là des hypothèses purement gratuites.

C'était vrai, mais je comprends très bien, à présent, comment notre dialogue même m'a jetée vers une inquiétude de plus en plus forte et de moins en moins justifiée. Quand on discute, en effet, on a tendance à opposer à tout argument rassurant une objection, une suggestion, une explication qui seraient à la rigueur possibles. Et, parce que l'on discute, on découvre qu'aucun argument rassurant n'est véritablement probant. Richard avait parlé de taxi : j'ai suggéré que Paul pouvait avoir pris rendez-vous avec un camarade, puisqu'ils devaient faire ce voyage à plusieurs ; il avait pu vouloir aller le prendre chez lui ou lui donner rendez-vous quelque part, pour faire le trajet de compagnie ; j'ai même suggéré que ces garçons, qui disposaient pour leur voyage d'une somme limitée, avaient pu préférer faire des économies en vue de leur séjour espagnol. Richard écartait mes hypothèses, non sans quelque irritation. J'avais d'abord voulu savoir à quelle station le drame était arrivé ; mais que celle-ci ne fût pas sur le trajet de Roissy ne changeait rien, dès l'instant que j'avais admis qu'il pouvait avoir rendez-vous avec un copain, et que ce copain pouvait habiter n'importe où ; c'était comme de chercher à se retenir à une prise qui, à chaque fois, lâcherait : on tente d'en saisir une autre, pour s'apercevoir qu'aucune ne résiste. C'était absurde, bien entendu ; et je ne suis pas d'ordinaire de ces mères affolées qui perdent la tête pour un oui ou pour un non. Il fallait que mon imagination eût été fortement secouée par cette nouvelle inattendue. Mais c'était en moi comme un dérapage de plus en plus fort et incontrôlé. Oui, mon imagination dérapait malgré moi et m'entraînait de plus en plus loin de la droite raison.

À un moment, Richard me dit :

– Écoute, raisonne un instant ! Tu t'imagines, sans aucune raison au monde, qu'il a pu se trouver dans ce métro ; alors qu'il aurait aussi bien pu prendre un taxi et avoir un accident de taxi, être renversé dans la rue, être attaqué, ou surtout arriver pour prendre un avion et avoir un accident d'avion ! Pourquoi spécialement cet accident de métro ?

– C'est vrai, ai-je dit.

Il avait raison ; je l'acceptai ; mais sa remarque ne me rassurait nullement. Elle rappelait l'existence d'un danger constant, que jamais rien, à aucun moment, ne pourrait éliminer. Au lieu de s'opposer à mes craintes, l'idée de ce danger partout présent semblait rayonner à partir de l'accident et en multiplier les implications redoutables. J'ai répété : « C'est vrai, tu as raison » ; mais il ne servait à rien de le répéter indéfiniment : j'avais beau les approuver, ses propos ne triomphaient pas le moins du monde d'une inquiétude dont je reconnaissais l'absurdité. Le dérapage, cette fois, était complet.

Épuisée, je murmurai :

– Si au moins on savait à quelle heure c'est arrivé !...

Enfin, un peu plus tard, nous avons eu un bulletin d'informations. Et ce fut le soulagement : l'accident avait eu lieu au métro Jaurès, ce qui ne signifiait rien pour nous, mais il avait eu lieu quelques minutes avant midi ; or, l'avion de Paul partait en début d'après-midi et il était convoqué justement pour midi. Il tenait trop à son voyage pour s'être mis en retard. C'était clair, l'accident avait eu lieu, mais Paul n'y était pas. L'accident était d'ailleurs bien moins grave que nous ne l'avions imaginé : il y avait eu surtout des contusions et un ou deux blessés admis à l'hôpital pour des fractures sans gravité. Sur ce plan aussi, Richard avait eu raison.

Nous nous sommes regardés avec un grand sourire ; j'ai vu que lui aussi, sans en avoir l'air, avait un peu partagé mon inquiétude. Nous n'avons rien dit du tout. Je me suis sentie tout à coup épuisée. Et toute cette folle angoisse m'a laissée sans forces, exactement comme si j'avais été moi-même victime d'un accident. Le véritable soulagement, pensais-je, viendrait plus tard.

*

Ici commence, enfin, l'histoire de cette journée dans ce qu'elle eut de plus incompréhensible. jusqu'alors, rien que de très banal : une mère un peu sotte s'affole pour son fils encore jeune ; elle imagine mille désastres, et tout finit bien. En effet, tout finissait bien : le soir, Paul téléphona de Madrid, enchanté de tout ; en souvenir de mon inquiétude absurde, Richard lui demanda comment il avait gagné l'aéroport. Le garçon sembla surpris et répondit :

– En taxi, bien entendu. Pourquoi ? Je n'aurais pas dû ?

Richard le rassura et me jeta un petit coup d'œil narquois. Richard m'a même offert de boire une coupe de champagne pour célébrer la bonne arrivée de Paul à Madrid. Drame terminé, rideau ! Tout était rentré dans l'ordre.

Je ne prétendrai pas n'avoir éprouvé aucune émotion à entendre la voix de mon fils au téléphone : ce serait faux. Je ne prétendrai même pas n'avoir pris aucun plaisir à boire cette coupe de champagne, marquant que Richard, sans partager mes angoisses, les avait tolérées avec gentillesse. Il voulait, je crois, s'associer à mon soulagement. Mais j'avais un peu mauvaise conscience ; car, de façon inexplicable, je ne me sentais pas vraiment soulagée. Ou plutôt si – comment le nier ? –, je me sentais soulagée, mais non pas en paix, ni heureuse.

Même à présent, j'ai de la peine à discerner

pourquoi. Je me rappelle que je me sentais vide et sourdement inquiète. L'accident du métro avait été sans gravité et n'avait en rien concerné mon fils ; mais il avait existé et il m'avait rappelé que sans cesse, n'importe où, n'importe comment, les accidents guettent et peuvent survenir. Peut-être le drame du métro m'avait-il frappée surtout par son caractère inhabituel et imprévisible ; mais cela même signifiait que, toujours, tout est fragile, précaire, condamné. Je crois bien que telle était l'explication ; mais, sur le moment, je ne comprenais pas pourquoi ce fardeau pesait sur moi, et cela me troublait. Il en était comme de ces occasions où l'on vient participer à la fête, rire et lever son verre avec les autres : pourtant, sans que l'on puisse l'expliquer, on se sent retranché, isolé, incapable de communiquer avec eux. Je pense qu'en langage populaire et évocateur cela s'appelle « avoir quelque chose sur le cœur ».

Et puis comment aurais-je pu être vraiment rassérénée ? Mon angoisse immédiate n'avait pas eu de sens, mais toute sécurité semblait bannie à l'avenir. Derrière l'inquiétude précise que j'avais ressentie à tort se cachait, tout au fond de moi et impossible à écarter, une inquiétude plus générale et surtout plus durable. La menace particulière avait été balayée, mais il subsistait une autre menace, qui s'étendait de façon confuse à la vie tout entière.

Je restai longtemps à tenter de retrouver mon

calme. Enfin, le soir venu, je dis à Richard que j'allais faire un tour dehors, pour respirer un instant sur la terrasse.

J'espérais d'ailleurs que le silence de la nuit m'apporterait, comme cela avait été si souvent le cas dans le passé, la paix que j'avais si bizarrement perdue.

Allons ! Je devais m'habituer : Paul reviendrait bientôt en avion, Richard partirait, en avion aussi, pour l'Amérique du Sud ; et il n'y avait pas que les avions, il y avait les voitures, il y avait les agressions, il y avait les vols, il y avait les chutes, sans parler des maladies : je ne pouvais pas me tourmenter pour tout cela, je devais à tout prix l'accepter et même l'oublier.

Je précise : je ne pensais certainement pas à tous ces cas particuliers, à tous ces accidents possibles ; ce n'était en moi qu'un obscur sentiment d'instabilité et d'insécurité ; il me fallait donc retrouver la paix du silence, l'équilibre habituel de mes jours, et le royaume serein de la nuit.

Très souvent, il m'arrivait ainsi de sortir un moment le soir, une veste sur les épaules, et de découvrir, avec une surprise chaque fois renouvelée, le scintillement des étoiles dans l'immense ciel de Provence. Parfois, je m'avançais, presque à pas de loup, au bout de la terrasse, en bordure du jardin, pour écouter les bruits de la nuit dans le frémissement du feuillage. L'été, je savais que l'appel des grillons dans les champs, léger, lointain, mais fidèlement obstiné, donnerait le sentiment de la distance sur la terre, s'ajoutant à la distance même de la lune et des étoiles. Parfois aussi, je savais que je pouvais entendre tel oiseau dans un arbre, prolongeant la journée pour le seul plaisir de faire encore une fois retentir son chant dans le jardin assombri. Mais, ce soir-là, il n'en alla pas ainsi.

Il y avait du vent, et des nuages assez rapides passaient sur la lune, jetant sur la terrasse et le jardin une alternance bizarre d'obscurité et de coups de lumière blafards. La nuit était, dès l'abord, inquiétante et mouvementée.

Puis, à peine avais-je fait deux pas dehors qu'un bruit d'envol lourd, avec un battement d'ailes presque menaçant, jaillit en face de moi. Il faut dire qu'au centre de notre terrasse se trouve un bassin en forme de cœur, derrière lequel une petite haie de lauriers-tins dissimule les quelques marches descendant vers le jardin. Un oiseau inconnu était donc venu dans la nuit, peut-être pour boire, peut-être aussi pour essayer d'attraper un de nos poissons, ou bien pour chasser dans l'obscurité. Il m'avait semblé gros et lourd : rien à voir avec le héron qui avait, un jour d'été, fait un massacre dans notre bassin ; et je crois que les hérons ne viennent pas la nuit. Que faisait-il ce gros oiseau ? Involontairement, je jetai un bref regard vers la petite haie de lauriers, comme si elle avait caché quelques bêtes dangereuses tapies à l'abri dans le noir. Rien ne bougea. Mais je le savais déjà : je ne trouverais pas dans cette nuit l'apaisement que j'avais escompté. Timidement, je m'avançai jusqu'au bout de la terrasse et m'assis sur le rebord en pierre ; j'ai passé là bien des moments, à contempler le jardin qui descend doucement vers la vallée. Mais, peut-être parce que j'avais éprouvé, au cours de la journée, tant de malaises et d'appréhensions, le jardin me parut plein de bruits suspects ; il y avait des frôlements, d'obscurs mouvements d'herbes dérangées et de feuilles froissées : une vie secrète me donnait l'impression de n'être pas chez moi. Quelles bêtes bougeaient donc ainsi, si près de notre maison ? On aurait dit qu'elles étaient là à se chercher, se poursuivre, pour s'attaquer, et se dévorer. Il y eut, en effet, sur la gauche, un petit appel aigu et bref, chargé d'épouvante. Je m'en souviens si bien ! Ce ne fut presque rien, à peine perceptible ; mais c'était l'expression même d'une minuscule terreur et d'une obscure mort. Comment pouvais-je ne pas avoir entendu ces bruits, les autres soirs ? Ils existaient certainement ; ils représentaient la vie même de la nuit dans la campagne ; mais j'avais été sourde à tout cela, perdue que j'étais dans un univers fictif, arrangé pour mon confort.

De toute évidence, ces sourdes menées dans le noir n'avaient rien à voir avec mon affolement de l'après-midi : ce qui bougeait dans la nuit n'était en rien dû à un accident. Ce n'était pas imprévisible, ce n'était pas non plus mécanique : c'était l'effet normal de la lutte incessante que tous les êtres doivent mener pour survivre ; on en perçoit l'écho à chaque minute, jusque dans la plus paisible des campagnes ; je le savais ; j'aurais dû l'entendre chaque jour, moi qui avais l'habitude de circuler dans le jardin. Ne savais-je pas que les toiles d'araignées sont là pour capter et dévorer les mouches, que la pie peut poursuivre les écureuils avec des cris et des sauts d'arbre en arbre, pour les tuer, que le chat bondit non seulement sur une souris, mais sur un papillon qu'il n'attrapera pas ?... Tout cela, de jour, paraît normal et gracieux ; tout cela, d'habitude, paraît un jeu innocent. Mais, quand on a été soi-même traversé, un moment, par l'angoisse, quand on a eu peur, quand il fait nuit, il n'en est plus de même.

D'ailleurs, de jour, il faut l'avouer : on participe à cette lutte, on s'en mêle et l'on prend plaisir à y réussir ! N'avais-je pas lutté fièrement contre les taupes, contre les nids de guêpes ou bien de frelons ? Et n'avais-je pas compté les cadavres avec une sombre allégresse ? Quant au petit Paul, pour qui j'avais eu si peur au cours de l'après-midi, ne me rappelais-je pas avec intensité l'étrange jubilation que j'avais vue sur son visage, alors que nous étions occupés à détruire un nid de fourmis ? Il les avait vues sortir affolées avec leur chargement sur le dos, se sauvant en tous sens et il les avait piétinées, écrasées, grattant ses pieds sur les dalles dans une sorte de joie destructrice ! La nuit la plus sereine est pleine de massacres et les cœurs s'ouvrent spontanément à la griserie de tuer.

Cette impression nocturne n'avait pas grand-chose à voir avec la frayeur de l'après-midi ; et pourtant, je dois dire qu'elles se rejoignaient : le même abattement qui m'avait saisie dans la journée se faisait plus sensible encore devant ce jardin obscur. Parce que j'avais eu peur pour mon garçon, j'avais accueilli en moi ce sentiment de crainte latente qui signifie que l'on peut tout craindre, à tout moment, pour ceux qui vous sont chers – les accidents, bien sûr, mais aussi les attaques, la lutte, le danger venu des autres. On ne tue pas si souvent dans la vie courante ; mais l'hostilité, la malveillance, la jalousie sont toujours là à guetter, comme les bêtes de la nuit quand elles cherchent leur proie.

Tout cela n'était pas encore bien clair pour moi ; mais une sourde tristesse mêlée de peur se faisait de plus en plus pressante et je m'y abandonnais malgré moi. Dans un arbre tout proche, il y eut le cri d'une chouette et peut-être devrais-je dire, avec ce mot si triste, « le hululement » d'une chouette : il faut un mot très triste, car l'appel résonnait, cristallin et lugubre. Et il se répétait avec des intervalles prolongés, mais de façon obstinée, sur deux notes, toujours les mêmes. La voix semblait proche et désolée. Était-ce un appel auquel nul ne répondait ? Était-ce une plainte lancée de façon réitérée dans la solitude ? En tout cas, ce n'était pas un cri de chasse… mais à cette pensée je me repris : la chouette aussi devait chasser ; elle devait poursuivre quantité de petites bêtes apeurées, darder sur elles ses yeux jaunes et ronds, puis les avaler ! La chouette aussi, par conséquent, faisait partie de cette lutte silencieuse des êtres dans la nuit. Moi, qui l'avais toujours tenue pour un animal ami et protecteur, qui m'étais abandonnée aux facilités de la mythologie, je découvrais que la tristesse de son appel ne la rendait pas pour autant innocente.

J'en étais là de mes méditations, accablée sur cette terrasse de plus en plus fraîche, quand j'entendis tout près le pas de Richard. Il me demanda ce que je faisais là ; sottement, je lui répondis :

– J'écoute… le jardin est plein de bêtes qui bougent…

Il eut un rire bref :

– Et qu'est-ce que tu croyais ? Les bêtes sont chez elles à la campagne, ne le sais-tu pas ?

Je souris :

– Je crois que je le découvre… Mais, dis-moi : sais-tu ce que mangent les chouettes ?

Cette fois, il eut l'air agacé :

– Je ne sais pas, moi ! En tout cas, ce sont des rapaces.

Ce fut là le dernier mot de commentaire sur cette nuit de notre jardin ; il me prit doucement par le coude et me dit :

– Tu devrais laisser toutes ces bêtes et rentrer. Tu t'es horriblement fatiguée et tout cela est absurde.

Et, comme je me retournais docilement pour rentrer à la maison, il s'arrêta ; alors, me regardant en face, il me demanda :

– Dis-moi, quand je pars, moi, en avion, tu te mets dans des états pareils ?

Le cœur me manqua un instant.

Je découvrais en lui une sorte de colère, et probablement de jalousie. Lui aussi entrait dans ce jeu des luttes et des hostilités ; lui aussi en voulait à son propre fils, réclamait une part plus grande pour lui-même et nourrissait de l'hostilité pour qui ne la lui donnait pas. Oui, l'hostilité pointait, cachée mais menaçante : même entre nous, elle était prête à percer, à se trahir. Cette découverte me fit horreur et, pour en chasser jusqu'à l'ombre même, je lui ai dit :

– Je m'inquiète moins bêtement, Richard, mais je m'inquiète tout autant.

Je me rappelle cette déclaration, car j'ai été contente de la faire et, plus tard, quand il a eu cet accident mortel, j'ai été contente de l'avoir faite ce jour-là. Mais déjà il passait outre :

– C'est bien. Alors, rentrons. Voilà assez de bêtises pour une seule journée.

Je l'ai suivi ; je n'ai rien dit ; je souhaitais rentrer le plus vite possible dans un univers apaisant. Mais je savais aussi que toutes ces sottises avaient ouvert une brèche imprévue, par où se découvrait une réalité que je ne voulais jamais voir : à travers cette mince fente, c'était la réalité même de la vie.

Heure après heure, jour après jour, j'ai voulu l'oublier, et l'ai, en fait, oubliée. Mais ce que l'on a une fois ressenti avec force, ne s'oublie jamais tout à fait. Et c'est pourquoi, plusieurs années après, moi qui ai connu de véritables accidents, menant à la mort, j'ai retrouvé en moi cette impression d'un jour et j'ai voulu mettre par écrit cette expérience : je ne veux pas trop y penser, mais je sais que ces sentiments absurdes, qui vous prennent très fort à la gorge, comportent bien souvent la plus sûre des révélations.

L'ÉCHARPE ROSE
ET LE MARRON D'INDE

Je ne puis me décider à raconter la visite de la petite fille ; pourtant je sais qu'il le faut.

Cette petite fille : Lallah, Lalla, Leïla, je ne sais même pas exactement son nom. Marcelin m'a simplement raconté qu'elle était pour trois semaines en pension chez sa sœur : celle-ci, ancienne institutrice, accueille ainsi des enfants placés en camp d'hébergement. La plupart sont, on s'en doute, dans des situations pitoyables : réfugiés, sans parents, à l'abandon. Mais la situation de Leïla était pire : elle avait été, par pitié, transférée en France, après une de ces expéditions sanglantes qui ont lieu parfois dans des coins reculés du Maghreb et auxquelles nos journaux font allusion en passant. La mère avait été tuée, sauvagement. J'ai cru comprendre qu'elle avait été tuée sous ses yeux. Je n'ai pas osé le faire préciser par Marcelin et il n'a pas non plus osé me le dire nettement. Il est étrange, en effet, de penser qu'il est des actes que certains n'hésitent pas à commettre et dont l'horreur est telle, que nous hésitons, nous, à en parler et à admettre leur existence. Mais on y pense d'autant plus et on s'en représente avec d'autant plus d'horreur les détails, que, justement, on n'a pas le courage d'en parler en termes clairs.

Alors, dans un élan de pitié, j'avais demandé à Marcelin de me l'amener pour une après-midi : je voulais de toute mon âme l'aider, la distraire, lui donner un peu d'affection. Et, ce jour-là, je l'attendais, comme on guette une visite importante. C'était une belle journée d'automne, avec un ciel clair et un vent léger. Les rosiers de la terrasse donnaient encore quelques belles fleurs tardives, alors que déjà les dahlias étaient fleuris. Les dernières hirondelles traversaient le ciel en grands élans rapides et disparaissaient, agitées par l'imminence, sans doute, de leur départ. Les collines, elles, étaient silencieuses et paisibles. Je me rappelle avoir tout préparé, comme une jeune fille à son premier rendez-vous. J'ai ouvert l'eau du bassin, vérifié la présence des poissons, qui se laissaient flotter entre deux eaux avant de filer, terrifiés par une ombre. J'ai coupé quelques fleurs mortes. J'ai préparé quelques friandises ; j'ai même été chercher, en haut, si je ne retrouvais pas quelques-uns des jouets qui avaient appartenu à Paul, mon fils, quand il était plus jeune. J'étais prête à tout offrir, à tout donner, comme si je pouvais un peu réparer. La bonne conscience entraîne parfois de ces illusions.

Quand elle parut enfin, suivant docilement Marcelin, je ne fus pas surprise de la petite silhouette étriquée, vêtue de gris, du foulard sur les cheveux, ni de l'air craintif avec lequel elle avançait, jetant seulement un regard rapide autour d'elle, comme pour s'assurer qu'aucun danger ne guettait. Je ne fus pas surprise par son teint sombre ni par ses yeux qui, par moments, s'ouvraient grands et liquides, comme ceux d'un jeune animal, puis se baissaient bien vite, sur un brusque éclat foncé. Mais je ne m'étais pas attendue à l'obstacle que constituait l'impossibilité de me faire comprendre d'elle. Elle ne parlait pas du tout français et, inutile de le dire, je ne parlais pas l'arabe. Peut-être avait-elle su quelques mots autrefois ; elle les avait oubliés dans le bouleversement de sa vie ; peut-être même ne savait-elle plus vraiment parler, rendue muette par l'épreuve. Je compris à quel point il serait difficile d'entrer en contact avec elle. Elle était là, toute seule, loin des siens et de son pays, frappée par la violence, exilée, expatriée. Elle était conduite, par un étranger, chez une dame étrangère ; et les étrangers lui avaient fait du mal, la contraignant à chaque instant. Plus mon cœur se serrait à cette pensée, plus je désirais franchir ce mur et offrir les compensations à ma portée. Elle m'englobait certainement dans l'idée de ce monde qui lui avait tout pris, et, curieusement, je me sentais, en effet, coupable devant elle.

J'ai voulu remplacer par des gestes l'impossible dialogue ; j'ai tenté de lui prendre la main, de l'appeler gentiment par son prénom. Elle se dérobait, petite bête apeurée, enfermée dans son mutisme. J'ai voulu lui montrer la terrasse et je l'ai conduite vers les roses. Bêtement, j'en ai penché une vers elle, puis vers moi, lui montrant que cela sentait bon ; elle respirait consciencieusement, hochait la tête et n'en tirait aucun plaisir. J'ai fait un signe pour lui offrir d'en cueillir une : elle a fait non de la tête, poliment mais fermement.

Alors j'ai cherché l'aide du bassin, de l'eau et des poissons. Je l'ai prise par le bras et menée au bord du bassin. J'ai mis ma main sous l'eau qui coulait : l'eau est un délice de tous les pays et doit l'être particulièrement dans les pays de chaleur d'où elle venait. Elle a mis ses doigts sous l'eau, a constaté qu'elle était fraîche, m'a regardée, approbative, et a retiré aussitôt sa main, sans rien dire. Alors j'ai doucement agité l'eau de la double vasque où circulent les poissons rouges. Cela, au moins, était de la vie et je lui ai montré l'éclat furtif de leur passage inquiet ; j'ai pris sa main et je l'ai mise dans l'eau de la vasque et elle a regardé avec de grands yeux inquiets ; elle m'a souri, avec un effort ; elle a remué les doigts et les poissons se sont enfuis, mais elle s'est aussitôt écartée. Je me suis rendu compte que la peur était en elle exactement comme dans les poissons. Elle avait envie de fuir, de se sauver, comme ils faisaient. Elle avait peur : à présent, elle aurait toujours peur.

Peut-être ma pitié en était-elle renforcée ; mais je dois l'avouer : une sorte de rancune se mêlait à ma pitié. On n'aime pas les efforts de séduction qui se révèlent inutiles. Et je n'aimais pas non plus être, à cause d'elle, parmi les coupables. Je me sentais bête ; j'exagérais ; je multipliais les gestes affectueux, les exclamations ; je jouais un rôle et je le jouais mal ; et j'étais irritée de le jouer si mal.

Ne trouvant plus d'aide sur ma chère terrasse, je suis allée chercher les jouets que j'avais auparavant réunis ; mais ils me parurent bien peu appropriés. Je rapportai une raquette et un volant, et je me revois encore, grande femme ridicule, faisant sauter le volant sur la raquette, pour l'inviter à en faire autant. Je jouais mon rôle de plus en plus mal et me sentais de plus en plus honteuse de moi-même. Je lui mis la raquette dans les mains, lui lançai le volant ; elle le renvoya correctement et me rendit la raquette. Je lui offris de garder le volant, mais elle fit courtoisement non de la tête, ajoutant un petit murmure que j'avais déjà entendu, et qui probablement était un essai pour répéter le mot merci qu'on lui avait seriné là où on l'avait hébergée. Paul n'avait jamais eu de poupée ; peut-être était-ce une poupée qui aurait plu à l'enfant. À défaut, j'avais tiré des vieilles armoires une sorte de canard mécanique, assez amusant, que l'on remontait et qui avançait avec des mouvements de tête imprévus et assez naturels. Je remontai le canard et le fis marcher sur le perron. Elle eut l'air surprise. Elle observa attentivement le canard et sa mimique, puis elle me regarda, pour la première fois, droit dans les yeux et son regard traduisait une totale incompréhension. Qu'avait-elle à faire, au sortir de ce qu'elle venait de vivre, d'un canard courant sur un perron, dans une maison inconnue, chez une dame inconnue, dans un pays qui n'était pas le sien ? Dire que je me sentais ridicule serait insuffisant. Pourtant, obstinément, je remontai de nouveau le canard, et prétendis m'amuser beaucoup de ses mouvements de tête. Puis, je l'arrêtai et le tendis à la petite fille : « Tu le veux ? Pour toi ? » Le geste rendait claires ces paroles nigaudes ; mais elle fit non de la tête, en répétant son petit merci inaudible et en regardant au loin, comme si elle aspirait au moment où elle pourrait prendre le chemin du retour.

Elle ne faisait plus attention à rien, ne voulait plus rien : la violence qu'elle avait subie semblait avoir tué en elle toute vie et toute curiosité.

Et soudain, au moment où se formait en moi cette impression, elle eut un geste qui me stupéfia. Après avoir si souvent fait non de la tête, elle tendit un doigt vers mon écharpe rose, autour de mon cou, et elle fit de la tête oui, avec netteté. Je restai comme abasourdie : réclamait-elle, vraiment, mon écharpe, mon écharpe rose ? Cela me parut tout ensemble incompréhensible de sa part et fort désagréable pour moi. Des canards mécaniques, passe ! L'odeur d'une rose, le jeu dans un bassin ? Oui, bien sûr !... Mais l'écharpe rose était une très jolie écharpe, à laquelle je tenais : c'était un cadeau de mon fils Paul et elle était douce, avec du cachemire mêlé à la laine ; je l'aimais et n'avais envie de la donner à personne, même à une petite Lalla, ou Leïla, dont on avait tué la mère. Je soulevai un pan de l'écharpe et je demandai : « Quoi, mon écharpe ? » De nouveau, elle fit signe que oui, et son regard était vraiment quémandeur.

Qu'avais-je fait, avec cette enfant bizarre ? M'étais-je crue capable d'entrer en communication avec elle, de l'aider, tout cela pour qu'elle me réclame un objet qui m'était personnel et précieux ? Je l'avoue : j'en éprouvai un véritable ressentiment ; ma bonne volonté avait fui, en un brusque dérapage. Mon cœur s'était fermé.

Mais pouvais-je refuser ? La misère de la fillette était contraignante ; et, une fois dans la maison, je me repris, dominant mon mécontentement. Je mc dis mêmc quc, peut-être, après avoir un peu joué, elle me rendrait l'écharpe – une écharpe que j'aurais pu moi-même égarer, ou déchirer... par accident.

Pour laisser mûrir cette sagesse, je m'affairai un moment dans la maison, me recoiffai, rangeai deux ou trois choses dans la cuisine ; puis, quand je revins sur la terrasse, la révélation se fit en moi, avec la brusquerie d'un éclair : elle me laissa l'impression qu'un grand écran se déchirait et me jetait en face la réalité que je n'avais pas voulu voir.

La petite fille avait disposé l'écharpe rose sur un de mes fauteuils de paille au dossier arrondi, soigneusement ; et elle était pelotonnée, ramassée sur elle-même, la joue appuyée contre l'écharpe, les yeux fermés. Elle semblait isolée de tout, ailleurs, dans une autre vie. Et, tout à coup, je compris.

Elle se pelotonnait contre le souvenir de sa mère. La mère avait dû porter une écharpe rose, ou un châle rose, ou, peut-être, simplement une écharpe douce et tendre qui donnait envie de se serrer contre elle, et ce que la petite fille avait voulu n'était pas mon écharpe comme un trésor qu'elle convoitait, mais comme un asile provisoire, grâce auquel, soudain, elle redevenait elle-même ; une petite fille normale, blottie contre la poitrine de sa mère.

Je dois dire que je suis restée immobile à la regarder comme si tout s'éclairait enfin. Cette écharpe, que j'avais hésité un instant à lui confier, était son asile, la rendait pour quelques minutes à elle-même. Je la voyais en pensée dans les bras de sa mère et, tout à coup, une vraie pitié chaleureuse et jaillissante prit la place de la sollicitude presque anonyme avec laquelle j'avais voulu l'accueillir. Cette pitié s'enfonçait en moi comme un poignard, m'inspirant une irrépressible souffrance.

Je suis sûre que je n'ai fait aucun bruit. Mais bientôt elle a sursauté, a touché de la main l'écharpe rose, s'est redressée et a regardé avec crainte vers la porte derrière laquelle je me dissimulais. Elle sortait de son rêve. Je me montrai enfin. Qu'aurais-je pu dire ? Le cœur me battait jusque dans la gorge.

Vite, elle se glissa, retrouvant sa raideur craintive, hors du petit fauteuil de paille. Je m'approchai et, timide à mon tour, je lui proposai de m'aider à transporter le sirop et les petits gâteaux – le tout par des gestes. Je sentais qu'elle détestait avoir été surprise par moi dans ce moment d'abandon. Elle accepta d'un signe de tête, mais, auparavant, elle reprit l'écharpe rose et, avec soin, elle la plia, la remit bien à plat et me la tendit. J'avais espéré, un moment plus tôt, qu'elle me la rendrait ; maintenant, je ne souhaitais rien tant que la lui donner pour qu'elle pût lui procurer, de temps à autre, des moments équivalents, ou, au moins, les lui rappeler. Mais, à nouveau, elle fit non de la tête. J'insistai, je la lui tendis ; je désirais de tout mon cœur la voir accepter comme un signe d'entente par-delà tant de difficultés. Mais elle n'en voulait pas, elle était très ferme.

À partir de ce moment-là, j'ai désiré plus profondément l'aider. J'ai aussi éprouvé une sorte de remords inexplicable à son égard. Quand le plateau a été sur la table du jardin, devant nos fauteuils, je l'ai attirée tout près de moi, contre mes jambes, l'enserrant de mon bras, lui offrant à la main, comme si elle avait été un bébé, les friandises que j'avais préparées. Elle ne me regardait pas, elle se tenait toute droite et, quand je la serrai un peu plus contre moi, pour lui faire comprendre quelle sympathie lui était offerte, elle se raidit, sans pourtant opposer la moindre violence. Ce fut un moment souverainement désagréable. J'essayais de la tenir contre moi, revoyant en pensée ce petit corps abandonné contre une écharpe rose, et contre le souvenir d'une absente. Mais je ne tenais contre moi qu'une masse d'os anguleux, raidis et refusés. Entre un homme et une femme il existe des étreintes manquées, qui ne sont pas agréables. Mais l'étreinte manquée avec une enfant est pire encore. Je sais pourtant prendre les enfants ; je sais les envelopper, les caresser, les serrer contre moi ; je l'ai fait avec mon fils Paul, mais aussi, bien avant, avec d'autres enfants, soit de ma famille, soit dans des œuvres dont, jeune fille, je me suis occupée. Je n'avais pas la maladresse de certaines femmes qui n'ont pas été mères : je savais ouvrir les bras pour une caresse ; mais avec cette petite fille-là je ne pouvais rien. Tout son corps d'enfant, le long de ma jambe, le long de mon bras, n'était que refus. Elle restait polie, ne se dérobait pas, mais ne se livrait aucunement ; rien n'était plus artificiel que cette fausse étreinte, et rien n'était plus évident que l'impossibilité pour elle de se serrer contre un autre corps que celui de sa mère.

Oh ! Je voudrais oublier ces moments et toutes ces déconvenues. L'enfant resta bien encore une heure. Et je me rends compte que j'ai tout essayé : les tours dans le jardin, les efforts pour lui apprendre des mots qui ne lui serviraient à rien et qu'elle écoutait pieusement, sans chercher à les retenir. La journée avait été un échec depuis le début : après l'instant de l'écharpe rose, elle était devenue un échec terriblement douloureux. Plus j'allais, plus je me répétais : « Il n'y a rien à faire. Cette enfant a été détruite, blessée pour toujours ; nous avons fait cela, nous les adultes : nous avons détruit cette enfant que tout préparait à la tendresse ; c'est notre faute, et nous n'y pouvons plus rien… » Jamais ma maison et mon jardin, jamais ma chère terrasse, jamais le haut ciel de Provence dans cet automne si doux ne m'avaient paru plus absurdes et plus inutiles ; et il me semblait choquant d'y avoir passé tant d'heures sereines sans jamais penser aux horreurs que d'autres subissaient. Il y a des moments où l'on prend conscience de son impuissance ; et où l'on a un peu honte de n'en avoir pas pris conscience plus tôt.

La journée avait été pénible et inutile : elle laisserait des traces amères.

Ce fut avec soulagement, mais aussi avec le regret de ne pouvoir encore une fois essayer, que je raccompagnai la petite jusqu'au chemin par où elle devait rejoindre Marcelin, dans le grand pré aux lavandes. Nous nous sommes dit au revoir, gentiment, avec un effort presque aussi grand de part et d'autre et, en la quittant, à peine le portail refermé, je me suis assise sur une souche d'arbre qui restait là, épuisée de fatigue. Mes yeux suivaient la petite ombre grise qui s'en allait sans avoir rien reçu de moi ni rien répondu à mes offres. Elle suivait le chemin de terre qui passe d'abord entre les marronniers, puis entre les pins, jusqu'aux premiers oliviers. Elle marchait bien droite, toute petite, terriblement abandonnée.

Et puis, je la vis qui se penchait, et qui ramassait à terre un marron fraîchement tombé. Elle était arrêtée et, de ses petits doigts minces, elle écartait soigneusement l'enveloppe piquante, pour dégager de son tendre lit d'un blanc éclatant le marron qui s'y trouvait caché. Elle le prit, le caressa. Elle rejeta l'enveloppe piquante dans le fourré ; et, tout à coup, sous mes yeux, elle s'éveilla à la vie.

Elle commença par lancer le marron en l'air et, amusée, intéressée, elle le rattrapa et le lança encore, un peu plus haut ; elle sautillait sur place pour être sûre de bien l'attraper et, à travers les branches qui nous séparaient, je la vis qui souriait, petite fille soudain rendue, grâce à la solitude, à son état normal de petite fille. Bientôt, elle eut le geste de toutes les petites filles : lancer le marron en l'air, puis, pendant le temps de sa trajectoire, bien vite frapper des mains derrière son dos, pour les ramener devant elle juste à temps et attraper le marron. C'était une petite victoire, c'était un jeu : enfin, pendant que nul ne la regardait, elle s'intéressait à quelque chose…

Pour moi, à moitié dissimulée par les branches, je la regardais, stupéfaite. Là où j'avais tout essayé, où j'avais multiplié les efforts, les gâteries, les caresses, je n'avais fait que l'emmurer davantage dans sa solitude : et voici qu'il suffisait d'un marron pour que le jeu et l'enfance reprennent leurs droits. Ma défaite en semblait plus consternante, et pourtant c'était le premier signe d'espoir et de consolation. Là où, pauvre être humain assimilé au responsable, j'avais si piteusement pataugé, la nature, sans effort, lui avait rendu quelque chose de sa véritable enfance…

Quand elle eut suffisamment joué sur place, elle posa le marron avec soin par terre, le poussa du pied à petits coups, comme on joue à la marelle ; elle le retenait sur le côté, quand il semblait devoir sortir du chemin ; une fois, il s'évada vers le fourré et aussitôt, sans avoir peur, elle entra, écarta les branches et le retrouva. Je commençais à ne plus la voir aussi bien. Elle s'éloignait, sautillant, silencieuse et solitaire, mais tout occupée du moment présent.

Je revins à pas lents vers ma maison. La terrasse semblait déserte, inutile. Sans même y penser, je fermai l'eau du bassin, qui, tout à l'heure, n'avait servi à rien. Je rentrai les fauteuils de paille, où s'était ouvert, un instant, en mon absence, le rêve de Leïla.

S'appelait-elle seulement Leïla ? Je ne le savais toujours pas ; mais il devait y avoir des dizaines ou des centaines d'enfants dans des situations comparables ; des centaines ou des milliers à travers le monde. Et moi qui étais là, confortable dans ma maison, j'avais été incapable de rien faire pour soulager, fût-ce un instant, la peine d'un de ces enfants !... J'aperçus, dans un coin, le canard mécanique et l'écartai d'un coup de pied. Je me dis que j'avais encore le temps de nettoyer un peu les rosiers où j'avais vu trop de fleurs mortes. Après tout, si les rapports avec la petite fille m'avaient laissé une telle amertume au cœur, je pouvais bien, comme elle, me consoler avec la nature et ses menus cadeaux. Surtout, j'avais besoin d'une activité pratique, presque mécanique : quand surgit à l'horizon d'une journée le tragique de la vie humaine, avec ses désastres sans mesure et ses sursauts inexplicables, le mieux est de l'oublier très vite, faute de pouvoir s'y habituer.

LES JONQUILLES

Pour Alyette.

La petite Marcelle, avec qui je me promenais en cette belle matinée d'avril du côté de la montagne Sainte-Victoire, n'avait que seize ans. Elle fut la première à apercevoir en bordure du sentier la tache que formaient des fleurs jaunes au ras du sol ; et elle me demanda :

– Tu sais ce que c'est ?

– Ce sont des jonquilles sauvages, murmurai-je.

Elle me regarda, surprise par mon manque d'enthousiasme. Et le fait est qu'en découvrant ces fleurs jadis tant attendues, j'avais éprouvé comme une bouffée de désolation. « Voilà que cela recommence », pensai-je.

*

La rencontre des jonquilles me ramenait à quinze jours en arrière. Je me trouvais encore à Paris ; et je parcourais avec mon beau-frère Étienne une petite rue commerçante, réservée aux piétons. Là, j'avais rencontré tout à coup les premières jonquilles de l'année. On les vendait en pleine rue, par petits bouquets tout ronds, tout jaunes, avec deux tiges vertes piquées en leur centre, tous rigoureusement pareils. Les vendeurs, d'apparence assez minable, étaient nombreux tout au long de la rue : ce commerce d'un jour était source de profit, comme la vente du muguet le 1er mai. C'étaient les premières jonquilles du printemps.

J'avais eu en les voyant ce brusque tressaillement de joie que chacun éprouve au premier signe du renouveau. Et puis j'aimais ces rites, que l'on oubliait d'une année sur l'autre, mais qui revenaient, comme une promesse de perpétuel recommencement. J'avais dû, pendant bien des années, acheter de ces petits bouquets jaunes, comme on célèbre les Rameaux, ou comme on prépare un arbre de Noël. Malgré les lourdes peines qui m'ont récemment frappée, j'avais donc eu un moment de plaisir ; et j'avais accepté volontiers le modeste bouquet que m'offrait mon beau-frère. J'y avais même enfoui mon visage en un geste traditionnel ; mais ces petites jonquilles prématurées, encore un peu molles et fragiles, ne sentent pas grand-chose. Pourtant, avec ce geste rituel, la formule d'autrefois m'était revenue aux lèvres, paraissant remonter de très loin, et me touchant pour cette raison même ; j'avais murmuré :

– Les aillots sont arrivés.

Cette remarque, jaillie du plus profond, est ce qui a tout gâté. Mon beau-frère a demandé :

– Les *quoi* ?

Il ne connaissait pas le mot par lequel nous avions toujours désigné ces premières jonquilles. Avec ma mère, et plus tard avec mon mari, nous pensions que c'était leur nom, que tout le monde les appelait ainsi ; et c'était même devenu pour nous une formule toute faite, comme lorsqu'on voit affiché partout : « Le beaujolais nouveau est arrivé. » Or, voici que mon beau-frère ne connaissait pas le mot ! Cette découverte suscita en moi un brusque dérapage. Quelque chose m'était ôté. Je me servais d'une serrure qui n'ouvrait rien : un mot qui n'était pas connu, un souvenir que personne ne partageait. Déroutée, je m'étonnai et lui demandai si vraiment il ne connaissait pas ce mot. Il le confirma et me posa cette simple question :

– Mais comment écris-tu ce mot ?

Ici, nouveau dérapage : je m'aperçus que je l'ignorais. J'avais employé ce mot pendant des années, comme cela, à l'oreille ; et je ne savais même pas son orthographe ! Alors, prise de doute, je me suis approchée des passants groupés autour des vendeurs et leur ai, en toute simplicité, posé la question : aucun ne l'avait entendu prononcer ; aucun, malgré mon insistance, ne le reconnaissait.

Que se passait-il ? J'étais pourtant certaine d'avoir employé de façon régulière cette formule avec les miens ; oui, ma mère, mon mari, sans doute aussi mon fils ; or, tous les témoignages étaient contre moi. L'ignorance d'Étienne, qui était, malgré tout, de la famille, m'inquiétait particulièrement. J'étais plus que déroutée : j'étais dépossédée.

Quelque chose, en effet, me trahissait et répandait en moi un doute. Je me disais bien que c'était peut-être un provincialisme, que nous avions récolté quelque part et qui n'était pas connu à Paris, ou bien je me disais que je confondais et qu'il s'agissait d'une autre fleur ; mais le mot lui-même était inconnu ; et personne ne précisait : « Vous confondez avec telle autre fleur. » Mais il était aussi bien difficile de croire que j'avais inventé le tout.

J'en étais restée là. Dans les jours qui suivirent, j'avais interrogé tous les membres de la famille : en vain. J'avais même téléphoné à mon fils en Amérique : il avait été ahuri et ne se souvenait de rien. Je me raccrochai alors à l'idée que, si l'usage était ancien, Paul avait pu, à l'époque, être trop petit pour l'avoir connu ou s'en être souvenu. Seulement, même ma sœur ne se souvenait de rien.

Était-il possible que j'aie inventé ce mot, là, après coup, et créé ainsi un faux souvenir ? Était-il possible que cette impression m'ait paru si familière, alors qu'elle ne reposait sur rien du tout ? J'avais peine à l'admettre ; et, si je l'admettais, c'était toute la masse de mes souvenirs qui disparaissait dans une brume opaque et trompeuse.

Il valait mieux croire que, par suite de rencontres fortuites, ce mot était devenu comme un langage secret pour un tout petit groupe. Peut-être était-ce ma mère qui l'avait un jour emprunté à quelqu'un ; et, depuis, nous avions chéri cette habitude. Car ils existent, ces langages secrets des petits groupes familiaux ; il y a des expressions, discrètes et inattendues, pour dire « faire l'amour » ou bien « aller aux toilettes ». Il y en a aussi de plus particulières ; et je me souviens que mon mari employait volontiers l'expression « faire les Richardeau » pour indiquer des manifestations un peu ostentatoires d'une tendresse réciproque – cela parce que des cousins à nous, les Richardeau, se conduisaient de la sorte. Il nous arrivait aussi d'employer des fragments de citations, comme des allusions claires pour nous seuls : ainsi ce vers qui, je crois, doit venir d'une parodie de Shakespeare et qui disait : « Je crois que le merlan est recuit sur la table » ; nous nous contentions du début et si l'un de nous disait : « Je crois que le merlan… », c'était une façon de signaler à l'autre qu'il était temps de se retirer, ou de passer à table, ou, au contraire, de mettre fin au repas. Il était agréable d'avoir ainsi un code secret, comme un lien de plus entre nous. Mais, avec ces « aillots », j'avais perdu le code secret. Et si ce code avait disparu, c'est que la mort était passée par là : ma mère nous avait quittés environ neuf ans auparavant, et mon mari était mort d'une mort absurde, cinq ans plus tôt, en pleine Afrique : sa voiture avait été prise dans une explosion, liée à quelque guerre tribale dans laquelle il n'avait rien à faire. La disparition du code secret était comme l'écho de désastres infiniment pires : il ranimait, avec un seul mot perdu, le deuil et la solitude. Ce désarroi intellectuel que m'inspirait le doute sur mes souvenirs rejoignait donc la pensée des vrais malheurs, dont chaque petit détail était tout à la fois la conséquence et le rappel. Je n'avais plus de répondant ; je ne pouvais plus me faire comprendre ; et je n'avais plus personne, de ceux qui, autrefois, auraient pu me comprendre.

Cela ne veut certes pas dire que je vivais à aucun moment en oubliant ces deuils ou ma solitude ; mais la perte de ce si petit souvenir ravivait en moi le sentiment de tout un passé perdu. Mon mari avait dit comme moi « les aillots » ; et tout cela était fini.

Cette chape de tristesse qui m'était ainsi tombée sur les épaules ne devait pas me quitter de sitôt. À mon retour chez moi, j'avais jeté le bouquet dans un coin sombre, de façon à pouvoir m'en débarrasser et le mettre aux ordures rapidement. Je voulais oublier, et hâter le moment où je me remettrais du choc qu'il m'avait valu.

Ce choc d'alors s'était réveillé en moi, quand la petite Marcelle me demanda dans notre promenade innocemment le nom de ces fleurs et que, n'osant plus rien risquer, je lui dis que c'étaient des jonquilles sauvages.

*

La petite Marcelle, peut-être surprise par mon abattement, le fut plus encore par ma réponse. Elle s'étonna, car elle connaissait les jonquilles :

– Des jonquilles ? Mais ce n'est pas possible. Les jonquilles, c'est grand ; là, il s'agit de fleurs si petites, minuscules, hautes de quelques centimètres !

– Tu as l'air de bien connaître ces fleurs ?

– Bien sûr, tu te rappelles, j'ai été en Angleterre... Il y en a tellement au printemps ; cela s'appelle...

– Oui, je sais, je sais...

Je savais que cela s'appelle des *daffodils* et que les Anglais en parlent beaucoup, même les poètes ; mais je ne voulais pas d'un nouveau nom pour les jonquilles ! Même si le mot *daffodils* avec son tintement de légère sonnaille évoquait l'herbe verte et les corolles jaunes dansant dans les prés, je ne voulais plus de mots, je ne voulais même plus de jonquilles. Je lui ai expliqué d'un air las qu'il s'agissait des mêmes fleurs, mais toutes petites et sauvages et très, très odorantes. Elle se pencha, en cueillit une et constata que j'avais raison.

– Tu peux en cueillir si tu veux, lui dis-je. Moi je m'assiérai pendant ce temps-là.

J'en avais cueilli si souvent, et dans la joie ! Je les avais aimées. J'avais été fière d'en rapporter à la maison. Mais parce que les jonquilles m'avaient récemment trahie, je n'aimais plus y penser ; je sentais une menace, comme on voit s'amasser un nuage de brume qui peu à peu devient un vrai nuage et envahit tout un paysage ; j'étais lasse, découragée ; et il me semblait cruel de transmettre maintenant ce précieux plaisir à une autre génération, pour laquelle il ne signifiait rien.

Dans un sursaut, comme on vérifie une dernière fois si un objet perdu ne se trouve pas à une place où l'on n'a pas regardé, je lui ai demandé : « Tu n'as jamais entendu appeler ces fleurs des aillots ? » Elle me regarda en faisant un signe de dénégation, auquel je ne m'étais que trop attendue. Et, comme je ne faisais aucun commentaire, elle descendit le long de la pente, à quelques pas, et, se penchant doucement, elle commença à cueillir.

– Mais c'est vrai que cela sent bon, s'écria-t-elle, tout étonnée de devoir me donner raison.

J'étais assise à même le sol entre deux touffes de thym et de romarin. À ce moment elle remonta et, me mettant sous le nez trois ou quatre petites fleurs, elle me demanda :

– Tu sens ?

Naturellement, je sentais. Je retrouvais cette

odeur pénétrante et sucrée, à la fois familière et toujours surprenante : le parfum des petites fleurs ne m'était que trop connu. Mais la gentillesse du geste et ce désir de partage si confiant me touchèrent. Je me rappelai toutes mes cueillettes passées ; et ce souvenir comportait une certaine douceur. Je retrouvais, de très loin, la fierté un peu puérile de ces retours où je rapportais mes précieuses petites jonquilles.

– Tu verras : j'en ai trouvé presque chaque année quand j'étais dans la région ; il n'y en a pas beaucoup ; mais je connaissais certains coins. Je ne connaissais pas celui-ci. Il est pour toi !

J'avais le sentiment d'avoir fait un certain effort sur moi-même et d'être déjà un peu plus patiente et pacifiée. Il faut dire que Marcelle est une charmante petite jeune fille. Dans les moments qui suivirent, je la regardai qui allait et venait, se baissait, se relevait, se retournait : malgré ses grosses chaussures aux pieds, malgré son jean délavé et son gros blouson, ses mouvements avaient une grâce de jeune animal. J'aurais pu dire : « la grâce d'un cabri » ; mais j'avoue que je n'ai pas vu beaucoup de cabris. En tout cas, c'était un plaisir de la voir aller et venir le long de la pente avec tant de facilité et d'aisance.

J'aurais dû me sentir contente. Il faisait un joli temps d'avril, avec un ciel clair et un soleil léger ; le sentier était tranquille, le paysage très sauvage, et l'on ne voyait presque pas de maisons. L'endroit était exactement de ceux où j'ai toujours aimé me promener. Même depuis la mort de Richard, il m'est arrivé de prendre plaisir à suivre de tels chemins, avec le sentiment de retrouver un paysage ami. La découverte des jonquilles sauvages aurait dû, elle aussi, m'être agréable malgré le petit malaise relatif à leur nom secret. Mais ce petit malaise avait rejoint de vraies peines et, depuis lors, j'étais comme enfermée en moi-même : je n'arrivais pas à m'extraire de ce cocon qui m'isolait du reste du monde ; je n'étais plus, en réalité, accessible ni à un véritable moment de satisfaction, ni à un véritable élan de sympathie. On aurait dit que les choses se passaient hors de moi, et que j'en étais seulement la spectatrice. De même que je ne participais pas à la cueillette des fleurs, je ne participais pas vraiment à notre promenade, ni à la vie.

D'ailleurs, n'en est-il pas presque toujours ainsi ? Il arrive si souvent que l'on traverse un paysage en parlant avec quelqu'un, ou en se préoccupant d'un problème à résoudre, en se remémorant une conversation interrompue : les choses vous tournent dans la tête, comme l'on dit ; et l'on ne saurait même pas préciser après coup par où l'on est passé, ni comment était la lumière, ni qui l'on a croisé. Ajoutez à cela le vague tourment d'un souvenir sans fondement, rejoignant l'impression latente d'un passé perdu : vous comprendrez alors comment je me sentais, là, assise au bord de ce sentier – présente et absente à la fois.

Marcelle, cependant, poursuivait avec enthousiasme sa cueillette ; elle montait, redescendait et, s'agenouillant, se penchait à droite ou à gauche vers les fleurs les plus éloignées ; et j'admirais, presque sans jalousie, cette jeunesse que je n'avais plus. Il me semblait en quelque sorte lui avoir transmis le plaisir de cueillir les jonquilles, lui avoir passé le don de l'émerveillement, comme on passe les commandes à quelqu'un, et attendre sagement au bord du chemin, comme attendent, dans les jardins publics, les bonnes d'enfants indifférentes. Cela dura quelques minutes, peut-être un peu plus ; elle se baissait de moins en moins souvent, sans doute arrivée à la limite de la tache fleurie ; et soudain, à quelques mètres au-dessous de moi, elle se retourna, me sourit et, me regardant gentiment, elle me dit :

– Toi, tu te reposes !…

Ce fut alors que se produisit en moi un jaillissement inattendu. Comme une émotion qui vous prend à la gorge, et qui se répand de là à travers les membres dans tout le corps, un souvenir bouscula tout en moi, chassant le reste, et s'imposa dans toute sa force. En un éclair, je revis un autre visage, tourné vers moi dans un geste semblable et avec exactement la même gentille indulgence : lui, Richard, cueillait des fleurs avec moi ; je venais de m'asseoir, et il a levé les yeux vers moi pour me demander (ah ! de façon si charmante !) si j'en avais assez ou si je m'arrêtais pour de bon – quelque chose en tout cas du même genre. J'ai oublié les paroles. J'ai oublié le lieu où nous nous trouvions, lieu qui se situait dans cette région mais pas à l'endroit même où nous étions ce matin. J'ai oublié à quelle date cela pouvait se passer, ou du moins en quel printemps. Je ne suis même pas certaine que les fleurs que nous ramassions au ras du sol étaient vraiment des jonquilles : peut-être des iris sauvages ou quelque autre plante de ces printemps de Provence. Mais je savais une chose avec certitude : je savais qu'un jour j'avais reçu, directement, ce regard de deux yeux bruns, ironique, affectueux ; et ce bref moment s'était si bien gravé en moi que, des années après, il se superposait à la scène que je vivais.

Je le revoyais et le recevais, ce regard ; et c'était pour moi comme une évidence. Je le revoyais et une onde de bonheur me parcourait soudain devant cet instant innocent qui, après tant d'années d'oubli, venait de resurgir en moi et d'effacer tout le reste.

Je ne percevais presque plus la petite Marcelle, qui était devenue comme irréelle ; je lui fis, en réponse à sa question, un vague signe d'acquiescement. Et j'y joignis un grand sourire, dont elle ne saura jamais qu'il ne lui était pas destiné.

Ce sourire n'était pas non plus adressé à

Richard, mon mari : je n'avais pas des visions ! Je n'oubliais nullement qu'il n'était pas là, que son corps déchiré était dans une tombe en Afrique ; mais ce sourire d'un jour de vacances, soudain retrouvé, était plus présent que tout ce qui m'entourait.

Et pourquoi ce sourire d'un instant me comblait-il d'une joie si profonde ?

Sans doute était-il déjà touchant en lui-même. Richard n'était pas un homme tendre, porté à exprimer ses émotions, et surtout il n'était pas un homme de loisir, aimant la campagne et les fleurs. Il était toujours en mouvement, toujours curieux et actif. Il voulait connaître les gens, comprendre la marche des affaires et les relations entre les personnes ; il aimait voyager et il avait choisi un métier qu'il aimait parce qu'il l'obligeait à parcourir le monde, à discuter avec des gens de cultures très diverses ; il partait toujours – pour finir par cette maudite Afrique ! Il y avait là, en lui, quelque chose de profond qu'il avait légué à notre fils, installé depuis deux ans déjà en Amérique. Moi, j'aimais la campagne, la paix, la beauté de la nature ; et j'aimais la continuité des jours. Il l'admettait ; il avait consenti de bonne grâce à l'achat de notre maison du Lubéron ; il avait consenti aussi à quelques promenades, qui prenaient souvent avec lui un caractère d'exploration ; il aimait suivre sur la carte les chemins, l'altitude, le tracé des cours d'eau ; toujours, il voulait connaître. S'il avait participé en ce jour déjà lointain à la cueillette des jonquilles sauvages ou de quelque autre fleur, cueillette fatigante pour produire de minuscules bouquets – cela par gentillesse et complaisance –, ce n'était ni son goût, ni son genre; peut-être est-ce pour cela que, sur le moment déjà, j'avais été touchée par ce regard, qui me prouvait qu'il m'aimait bien, qu'il s'amusait et se prenait au jeu comme un enfant. Chaque fois que Richard devenait enfant, mon cœur se remplissait d'émotion. Or, c'était par jeu évidemment qu'il semblait alors me reprocher d'avoir arrêté ma cueillette et qu'il faisait comme si nous nous donnions à une tâche sérieuse; car cette cueillette lui était bien indifférente. Il s'était prêté à ce jeu comme il se prêtait aux pays divers qu'il parcourait, ou aux entreprises nouvelles dans lesquelles il se lançait. Seulement, cette fois, il avait joué avec moi et pour moi; et c'est à moi qu'il avait adressé sa petite question ironique et doucement protectrice. Voilà sans doute pourquoi, à la faveur d'une superposition fortuite entre deux images de dates différentes, celle-ci était revenue, en une minute fugitive, inhabituelle et précieuse.

Il faut dire que Richard aimait faire bien tout ce qu'il faisait; et cela m'avait toujours attendrie. Lui qui n'avait aucun intérêt pour ces fleurs insignifiantes, il se baissait et se relevait avec autant d'ardeur que la petite Marcelle : et c'était une joie de le reconnaître jusque dans ce zèle inattendu. Je crois même que, dans l'air qu'il avait d'être choqué en me trouvant assise, il y avait peut-être de l'ironie, certainement de la protection, mais aussi – avouons-le – une certaine réprobation étonnée à l'idée d'une pause si prématurée.

Je me rejetai soudain en arrière ; je voulais me perdre toute dans le souvenir de cet instant passé : il revenait avec tant de netteté, que les impressions fugitives et mêlées, éprouvées sur le moment, pouvaient s'épanouir après coup.

Je ne dirai pas, car c'était chose trop personnelle, les élans de reconnaissance qui me prenaient, à me replier ainsi sur ce souvenir. Mais il était étrangement intense : il me rendait les douceurs perdues de la connivence.

J'étais donc là, me remémorant, en plein bonheur, ce bref instant. Mais avais-je rien senti de tout cela sur le moment ? M'étais-je extasiée, même en secret ou même de façon fugitive, sur ce zèle montré par mon mari, ou bien sur la gentillesse de son regard ? je crois que, ce jour-là, je ne l'avais même pas vraiment perçue. Je crois bien que je ne m'étais pas du tout étonnée, que je n'avais rien trouvé de particulier dans ce regard ; et je suppose qu'il ne m'avait pas paru plus émouvant qu'un autre. Je l'avais seulement rangé dans quelque tiroir aux souvenirs, à inventorier plus tard. Alors, comment se faisait-il qu'une telle lumière ait accompagné son retour ? Comment se faisait-il qu'il prît un tel rayonnement tant d'années après ? Peut-être la mort de Richard donnait-elle un relief plus grand à tous les souvenirs, même fugitifs, de la vie avec lui. Peut-être aussi l'oisiveté dans laquelle je me trouvais ce matin-là avec Marcelle, avait-elle permis aux souvenirs de s'épanouir sans que les petits intérêts pratiques de l'existence viennent y faire obstacle. Certes, tout cela pouvait avoir joué. Pourtant, des souvenirs de Richard, j'en avais à chaque instant ; et beaucoup d'entre eux s'inscrivaient de même dans des moments de vide, le soir, à la maison, quand j'avais tout loisir de m'y plonger. Alors pourquoi ? Ce moment de cueillette interrompue n'avait pourtant rien eu d'exceptionnel ; je n'avais pas dû y penser une seule fois depuis lors ; et il n'y avait pas de quoi s'émouvoir à ce point, ni sur le moment, ni maintenant, des années après.

J'étais étonnée, vaguement déroutée. Gênée par cette question que je me formulais à peine, je l'écartai en rappelant Marcelle : je lui dis qu'il était temps de rentrer. Elle me fit admirer son bouquet, qui était, en fait, fort petit ; et nous reprîmes le sentier de la montagne.

Et bientôt, en marchant, j'eus l'impression de commencer à comprendre quelque chose. Mon émotion n'avait pas été liée vraiment au contenu même du souvenir ; elle n'était pas fonction de cette petite scène qui avait soudain revécu pour moi : si j'avais été si émue, c'était parce que je m'en étais souvenue, parce que, brusquement, tout était revenu, et que ce moment, en principe oublié à tout jamais, avait ainsi été conservé, caché quelque part, mis en réserve. Rien, par conséquent, n'était absolument mort de ce qui avait été le passé : il était en nous, même si nous ne le savions pas ; il était une partie de nous, même si nous n'y avions pas accès ; il existait, caché, et à chaque instant il pouvait nous rendre en surprise, éblouissant, inattendu, un moment qui revivait dans toute sa richesse.

Je n'ignore pas que ces souvenirs qui reviennent peuvent être faussés, et déformés. Je ne pouvais dire ni la date ni le lieu de cette scène, et, si j'avais voulu les préciser, j'aurais très bien pu confondre et me tromper. J'aurais pu inventer comme avec les aillots. Mais, malgré les déformations, par-delà les déformations, des impressions même fugitives pouvaient tout à coup renaître, indiscutables, et confirmer ainsi que, quelque part, tout existait encore.

Qui plus est, ce surgissement imprévu était peut-être d'autant plus émouvant que le souvenir était plus menu, plus complètement écarté et oublié : l'instant revenait, soudain, comme une lumière qui se rallume.

Quand j'entrevis cette idée, je m'arrêtai sur le sentier et retins Marcelle : une grande joie sereine montait en moi et me rendait tout à coup tolérante et patiente. Je regardai cette petite fille qui ne savait rien, qui n'avait pas de passé et pas de souvenirs : je devais faire pour elle tout ce que je pouvais. Moi qui préfère toujours rentrer déjeuner chez moi, dans la paix des grandes pièces claires, je lui offris :

– Est-ce que cela te ferait plaisir de venir déjeuner à la *Tour d'Aigues* ?

Peut-être la reconnaissance me rendait-elle soudain bonne…

*

Marcelle était épanouie ; et elle l'exprima, les yeux brillants, avec cette formule accablante :

– Dis donc : c'est super !

D'habitude, ce vocabulaire tout fait m'agace prodigieusement ; mais, cette fois, à notre petite table dans la salle incomplètement remplie, il m'amusa. Je m'étais attendrie, à propos des aillots, sur ce que j'appelais un vocabulaire secret : celui de Marcelle n'était nullement secret, mais je me rendais bien compte que, dans sa banalité, l'emploi du mot était comme un signe de ralliement des jeunes contre les vieux, de l'esprit nouveau contre la bonne vieille société que je représentais sans aucun doute. Pourquoi cette idée me fit-elle sourire ? Voici que je ne m'agaçais plus, que je ne m'irritais plus des revendications de cette jeunesse, que je ne la jalousais plus ; au contraire, elle m'inspirait une sorte de sympathie apitoyée.

J'aidai Marcelle à choisir un menu conforme à ses goûts ; ceux-ci ne coïncidaient guère avec les miens ; mais j'aimais cette distance même qui nous séparait. Elle était la jeunesse ; mais cette jeunesse me semblait moins enviable qu'ignorante, sans expérience ni discernement. Elle aurait tout à connaître, tout à apprendre…

Ma tolérance lui parut sans doute un peu inhabituelle ; tendant vers moi son visage encore tout rond et tendre, elle voulut marquer de l'intérêt :

– Des promenades, tu as dû en faire beaucoup tout autour de la région…

Ce fut presque pour moi-même que je murmurai :

– Oui, j'ai eu cela, je l'ai eu.

Plus tard, en repensant à cette formule qui m'était venue aux lèvres de façon si naturelle, j'ai compris que telle était bien la raison de ma joie et de ma générosité. Le souvenir qui m'était revenu au bord du sentier, tandis qu'elle cueillait les jonquilles sauvages, ne m'avait pas seulement attendrie. Il avait un sens plus profond : il m'avait fait comprendre que tout avait existé, et existait encore de quelque manière. Ma vie, je l'avais eue : personne ne pouvait détruire ce qui avait été ; je pouvais oublier tout ce que je voudrais, pendant des années : un beau jour, un détail ou un autre reviendrait. Tout était là, ignoré ; on ne pouvait plus rien me reprendre.

Je me souviens qu'il y a eu un silence, après

ma déclaration un peu emphatique, interrompu par l'arrivée des premiers plats fumants, devant lesquels Marcelle s'extasia avec enthousiasme. J'avais été dans bien des restaurants avec Richard, j'avais été à l'étranger avec lui ; et voici qu'un petit souvenir de rien me rappelait tout ce trésor tapi en moi. Découvrir ce trésor n'empêchait pas la souffrance qui s'y trouvait liée ; mais, en la réveillant, le souvenir la sublimait de façon presque miraculeuse.

Tout à coup, je pris le bouquet abandonné sur un coin de la table, remplis un verre à vin d'eau d'Évian et y plaçai les fleurs.

Cette fois, je ne les écartai pas avec horreur comme les fameux aillots de Paris. Je prononçai même cette phrase qui prit soudain pour moi valeur de symbole :

– J'aime bien conserver les fleurs ; j'aime bien qu'elles restent, qu'elles nous restent…

Je souhaitais aussi, de tout cœur, que mon émoi secret pût rester et durer longtemps ; je me promettais de le préserver, de le chérir, et de ne jamais l'oublier. Je savais déjà que je ne le pourrais pas : on oublie, on pense à autre chose. Mais ce qui est entré en nous est là, comme une part de nous-mêmes. Un coup de lumière, pour vérifier : l'éclat du trésor caché brille à nouveau et nous rassure.

« J'Y VOIS ENCORE »

Dans cette vie de solitude et de vacances que je mène à Maupertuis, les menus événements de ma vie viennent tous du dehors. Ils m'arrivent par des voies assez diverses : celle dont je voudrais parler aujourd'hui est la plus étonnante de toutes. Elle m'apporte une véritable révélation.

J'étais en train d'arranger la chambre d'amis, quand j'ai trouvé quelques traces du passage de ma belle-mère, qui était venue y séjourner, presque un an auparavant, comme elle le faisait souvent depuis la mort de Richard : il restait dans un coin quelques cassettes sans grand intérêt et une trousse à ongles fort usée. Je regardai ces restes sans aménité : ils avaient dû m'échapper les autres fois et le souvenir n'avait rien d'agréable. Recevoir la mère de Richard était un devoir et me donnait bonne conscience, mais sa présence était plutôt pénible. La vieille dame n'y voyait plus, ou presque plus ; elle marchait mal, n'entendait pas parfaitement : l'ensemble de ces diverses infirmités la rendait irritable et souvent, il faut l'avouer, acariâtre. De plus, elle avait avec elle sa dame de compagnie, une grande femme raide dénommée Maud, dont elle ne se séparait jamais et qu'elle ne cessait jamais ni de critiquer ni de rembarrer. La mort de Richard, s'ajoutant à ses divers maux physiques, avait encore aggravé son humeur. Ce n'était donc pas une joie que de la recevoir. En tout cas, je ne me doutais pas qu'elle allait tout à coup occuper mes pensées à ce point et prendre alors une influence profonde sur ma façon de voir les choses – cela, presque par hasard.

Pour se distraire, la vieille dame avait, en effet, la possibilité d'écouter des textes enregistrés sur des cassettes ; et Maud, inlassablement, lui préparait des enregistrements d'ouvrages qu'elle savait ou imaginait être du goût de ma belle-mère. On voyait donc, en général, celle-ci emporter un petit sac de cassettes et son magnétophone, dans tel ou tel coin du jardin. Or, il y avait dans un coin de cette chambre, qui n'avait plus été occupée depuis sa mort, ce petit tas oublié : une vie de Gengis Khan (lecture de vacances un peu surprenante pour une pauvre femme de son âge) et quelques cassettes de *La Petite Fadette*. Ce roman m'a toujours assommée, et je ne me souvenais même pas très bien de son contenu. Avec curiosité, j'ai pris une cassette et je me suis dit : « Pourquoi pas ? Je me demande si je ne l'ai pas lu trop jeune et je ne sais plus du tout quel en est le sujet. » Je descendis une cassette et la glissai dans un petit appareil que nous avions en bas.

Bon ! J'ai écouté un peu de *La Petite Fadette*. C'était facile, quoique sans grand intérêt. Et, tout à coup, par-dessus la voix de la lectrice, j'entendis une autre voix, bien connue et un peu cassée, celle de ma belle-mère : effaçant, sans scrupule, les mots de George Sand et lui surimposant son propos, elle avait choisi d'inscrire là une ultime confidence, comme on jette une bouteille à la mer. Fallait-il qu'elle se sentît solitaire, la pauvre femme, pour faire part de cette confidence à une cassette ! Fallait-il qu'elle eût peu de confiance en nous, pour aller la cacher ainsi là, où, normalement, personne ne la découvrirait jamais ! Fallait-il qu'elle se sentît coupée de nous tous pour recourir ainsi à une cassette qui n'était même pas vierge, profitant sans doute d'un des rares moments où nul ne venait la déranger ni l'ennuyer ! En reconnaissant ainsi sa voix et son ton personnel, en plein milieu du texte de George Sand, je fus tellement saisie que j'arrêtai brusquement l'appareil : je le regardai comme si quelqu'un m'avait fait une farce, et quelle farce ! Ma belle-mère était morte depuis presque un an : mais je n'allais pas résister au désir de connaître cet ultime message si bien caché et découvert de façon si inattendue. Je pris mon élan, ramenai l'enregistrement en arrière, et remis l'appareil en marche. J'écoutai ; et, désormais, c'est elle qui parle – qui parle d'outre-tombe.

*

« Et voilà pour *La Petite Fadette*, que personne ne songera à relire après moi, j'en suis bien sûre ; et, si par extraordinaire quelqu'un le faisait, eh bien ! il aurait une surprise !

« Ils ne sont pas là, ils sont loin : je puis donc parler. J'ai obtenu, non sans peine, qu'ils traînent mon fauteuil jusqu'à l'endroit où je me trouve, là où je l'ai demandé. (“Mais non, Madame, vous n'aurez pas la vue, vous aurez le vent”, etc. : toujours des objections ! mais je leur ai tenu tête.) Peut-être suis-je devenue un peu acariâtre : avec leur empressement à toujours me remplacer en tout et à choisir tout pour moi, comment ne deviendrais-je pas acariâtre ? En tout cas, j'y suis, dans mon endroit préféré ! Je suis dans le petit coin du jardin à peine cultivé, où il y a cependant un grand laurier presque blanc, dans un vaste pot de terre. Et, tout autour, des arbres, où passe doucement le vent. Ils croient que ce qui compte pour moi est que mon fauteuil soit bien installé, avec un peu de soleil, et que peu importe ce que j'ai sous les yeux, puisque je n'y vois plus. Eh bien ! sur cette cassette, et sur cette maudite petite Fadette, je vais enfin dire la vérité, et la crier, pour m'en émerveiller ! Ils ne s'en doutent pas, mais j'y vois encore !

« Oh ! Ils savent sans doute que je ne suis pas complètement aveugle. La maladie dont je souffre, et qui s'est maintenant compliquée de cataracte, fait que je ne peux absolument plus lire, que j'ai de la peine à me comporter décemment à table, et que je passe mon temps à chercher ou à faire chercher des objets qui sont, en fait, à portée de ma main. S'ils s'imaginent que cela m'est agréable, ils se trompent ! Je déteste cela, de toutes mes forces. Quand je dis que j'y vois encore, cela ne signifie pas seulement que je distingue en gros les formes, que je vois quelqu'un s'approcher, et que je reconnais, sans trop de difficulté, les meubles, les arbres, les portes. Je puis très bien me déplacer seule sans qu'ils me prennent, comme ils le font, par le bras ou par la taille. Et ils le savent parfaitement.

« Mais ce que je ne leur dirai jamais, car ils ne le comprendraient pas, c'est l'intense bonheur que me procure ce petit reste de vision dont je bénéficie encore. D'abord, ils ne pourraient pas le comprendre : je sais que ce que je dis ainsi, dans la solitude, à cette cassette, ne peut être compréhensible pour personne. Ce bonheur ne se confond pas du tout avec la reconnaissance que je puis éprouver pour ce qui m'est laissé ; car cela est vrai : il me reste encore un peu de vision ; par conséquent, cela pourrait être pire, et, selon toute vraisemblance, si ma vie se prolonge un peu, ce sera effectivement pire. J'apprécie, plus qu'ils ne sauraient croire, cette part qui m'est laissée et cette prolongation. Mais ce n'est pas là, du tout, ce dont je veux parler aujourd'hui.

« Ce qu'ils ne comprendraient pas, ce que j'ose à peine formuler, ce que je tiens pour un miracle – c'est que, en y voyant "encore", je découvre des merveilles que nul ne peut soupçonner. Maud m'installe avec soin ; ma belle-fille Anne vient, courtoise, vérifier si j'ai tout ce qu'il me faut ; et on me laisse avec *La Petite Fadette*, pensant que je vais y trouver ma joie ; mais ils ne sauront jamais à quel point, dès qu'ils s'en vont et que j'ouvre les yeux, un bonheur indicible m'est accordé.

« Parce que j'y vois mal, les choses autour de moi s'enveloppent de flou ; elles deviennent distantes, elles se fondent dans une harmonie, qui aussitôt me bouleverse. Les choses n'ont plus la précision blessante qu'elles ont pour un regard normal et à laquelle j'étais habituée : elles s'éloignent, s'atténuent, s'adoucissent. Un léger frémissement fait se rapprocher et se mêler les couleurs, et leur confère par là une sorte d'irréalité, qui n'est accordée qu'à moi.

« Ainsi, en ce moment, je suis là, en face de ce grand laurier, dont les fleurs ne sont ni blanches, ni d'un blanc cassé, ni d'un beige pâle, mais d'une couleur claire et légère que je ne peux définir et qui se répand vaguement, de branche en branche, dans une sorte d'offrande jaillie de nulle part. Cela circule et cela vibre, dans la lumière de l'été. Je ne vois pas le détail des fleurs – je suis comme dans une peinture impressionniste, où on aurait jeté, par touches entremêlées, les couleurs de la vie. Jamais, jusqu'à présent, ces fleurs ne m'étaient apparues ainsi, proches mais imprécises, dans leur splendeur vacillante et délicate. Derrière le grand pot de laurier, il y a des arbres. Je sais, et je reconnais en partie, un grand marronnier déjà jauni par la chaleur de l'été. Auprès, un cyprès droit et sombre, puis un grand cèdre qui ferme la vue et se découpe sur un ciel clair. Mais comment pourrais-je le dire ? Je ne vois pas un marronnier, je vois comme un bouquet lumineux et léger, comme une apparition, comme un rêve. Et je vois le contraste, mais si doux et si facile, entre cet arbre de lumière et la masse sombre des deux autres. Verts, ils sont verts, et vert aussi le mur de buis à mes côtés, et vert le pin sous lequel je suis étendue. Aucun des verts n'est semblable, mais je ne peux pas les isoler, je ne peux plus les isoler, je ne suis plus contrainte de les isoler. Il s'agit d'une sorte de surgissement fluide et sans contours. Au-dessus de moi, le pin me fait une ombre légère, qui ne cache pas vraiment la pâleur du ciel, et bouge doucement, comme une présence vivante. À côté de moi, la haie de buis est foncée et fraîche comme une caresse. C'est un cadeau que me fait la vie, à moi seule : m'avoir ôté la vue presque complètement et m'avoir causé tous les tracas que cela entraîne, mais pour m'accorder ces minutes, représente peut-être une bonne affaire !

« Le paysage se tait, tranquille, et je parle seule. Tous ces gens si affairés, et si occupés de moi, ne sauront jamais ce que je vois et ce que je sens. Ce sont de petites choses que je ne peux distinguer les unes des autres ; l'ombre du grand pot qui doucement passe sur l'herbe séchée, ou peut-être pas trop séchée : je ne la vois pas assez pour en juger ; et l'ombre n'est pas trop marquée : je ne distingue pas ses limites. Je vois seulement un échange qui se fait entre les couleurs, entre les masses vivantes des feuillages, et qui semble m'accueillir dans un monde aux formes exquises. Et puis, quand j'ai regardé depuis un moment, cela commence ! Ce n'est pas la première fois, et j'espère toujours que le miracle va se reproduire. Quel miracle ? Simplement que ce paysage, qui n'a plus de précision, plus de dureté, ni plus de limites, m'attire en lui, parce qu'il est à la fois si proche et si éloigné : bientôt, j'ai l'impression d'y pénétrer, et de me fondre en lui, en un tout qui est le réel et se situe pourtant par-delà le réel, offrant comme une solution à tous les mystères et à toutes les angoisses. Eux, ils s'agitent en ce moment ; ils courent, ils s'occupent, ils prennent le thé ; et moi, qu'est-ce que je vois ? Je vois un petit nuage blanc qui traverse le ciel clair : je ne distingue pas bien sa forme, je vois seulement comme une caresse de plus dans la lumière.

« Mais surtout, je ne devrais pas tenter de rien décrire. On peut décrire un paysage quand on le voit : un paysage précis avec des éléments divers, que l'on peut énumérer et distinguer les uns des autres : déjà, pour moi, l'arbre clair et l'arbre foncé ont comme mêlé leurs branches ; je ne sais plus où commence l'un et où finit l'autre ; et nulle peinture ne saurait même donner une idée de ce paysage où tout ce qui vit s'unit pour m'accueillir, dans un monde renouvelé.

« Cela sent en même temps la lavande qui, après la récolte, a dû refleurir, et l'herbe chauffée par le soleil ; et je perçois aussi l'odeur du buis, vivace et un peu amère ; et même cela, je le perçois mieux qu'ils ne peuvent le percevoir. Sans doute parce que j'ai perdu la vue, ou plutôt, comme je le disais, parce que « j'y vois encore », je suis comme libérée de toutes les tâches de l'action, vouée à la contemplation, attentive et réceptive, prête pour ces merveilles quotidiennes. Le flou de ma vision renforce ces sensations diverses ; je me sens soulevée, prise, comprise. Et aussi tellement sereine !

« Tout cela est trop beau pour que je ne le dise pas, même à cette cassette anonyme, qui se taira pour toujours. Si l'un d'eux, par hasard, s'approchait, il penserait : "Tiens ! la voilà maintenant qui parle toute seule !..." Ils ne sauront jamais ce que je dis, quand je parle ici toute seule : il est trop clair qu'ils ne le comprendraient pas. »

*

Ma belle-mère avait dû arrêter là l'enregistrement, car ses derniers mots se soudaient, de façon quelque peu comique, avec une autre voix, continuant la lecture de *La Petite Fadette.* J'arrêtai moi aussi l'appareil, avec une minute de retard : j'étais comme paralysée d'étonnement. Contrairement à ce qu'elle affirmait, je comprenais fort bien sa confidence ; mais je m'apercevais aussi que je n'avais jamais rien connu de ma belle-mère ; je m'en étais tenue à ses manies de vieille femme et à ce qui me semblait une sorte de rétrécissement dû à l'âge. En plus, je connaissais très bien l'endroit où elle s'était placée pour cet enregistrement secret ; j'y étais passée peut-être le jour même ; je me rappelais m'être demandé si le laurier était suffisamment arrosé et s'il ne faudrait pas faire quelque chose pour ces feuilles mortes, qui déjà jonchaient le sol. J'avais aussi, je m'en souviens, arraché deux touffes d'herbe folle et repéré une de ces plantes d'asparagus, piquantes et foisonnantes, qui, peu à peu, gagnent tout ; je m'étais promis de revenir bien vite avec un sécateur pour en débarrasser mon jardin. Mais il était désagréable de me rappeler cette réaction, car je mesurais la différence : j'avais vu cet endroit familier avec les yeux de l'activité pratique, les soucis de la ménagère responsable de l'entretien, et l'alerte attention de qui prépare toujours quelque chose pour la suite ; je n'avais su ni m'arrêter, ni voir. N'avoir rien su de celle qui était la mère de mon mari était déjà une surprise déroutante ; mais n'avoir pas su regarder le domaine même qui m'est le plus cher au monde était plus déroutant encore. Je restai un long moment immobile, étrangement insatisfaite et tourmentée ; et puis, impatientée par cet étrange dérapage intérieur, je me demandai si la vieille dame avait continué son manège et si, peut-être, *La Petite Fadette* avait connu d'autres coupures et me réservait d'autres révélations.

Je rebranchai donc l'appareil, écoutai sagement deux ou trois pages de George Sand et, soudain, comme déjà je ne l'attendais plus, la voix de ma belle-mère, un peu sourde et cassée, reprit ce monologue secret.

*

« Je me moque de *La Petite Fadette* ; j'écoute par devoir cet enregistrement, parce que Maud a pris la peine de me le faire : on remplace maintenant mes goûts par d'autres goûts ; je suis devenue dépendante, j'obéis et je remercie – pas très gracieusement, je le crains. J'efface donc, sans remords, encore un peu de *La Petite Fadette*, parce qu'en cherchant à dire mon émerveillement d'aujourd'hui, je n'ai pas assez précisé qu'il ne s'agit pas d'une expérience unique ni même inhabituelle, loin de là ! Sans doute cela tient-il en partie à ma nouvelle condition, à ma lenteur et à mes yeux abîmés : ainsi suis-je disponible pour ces moments d'extase qui parfois me submergent. Je pense, par exemple, à ce jour des dernières vacances de Pâques, quand j'étais venue passer une petite semaine à Maupertuis. J'exigeai cette fois – avec mes façons autoritaires et mal comprises – que mon fauteuil fût installé dans la petite allée bordée de romarin et de coronilles, dans le bas du jardin. C'était un peu compliqué, mais ils avaient obéi. Et je m'étais trouvée là, je m'en souviens, prise dans le mélange des fleurs exubérantes de ce printemps de Haute-Provence. Il y avait, mêlés en un désordre vivant, le bleu clair des romarins, parfois presque blanc, ou tirant sur le mauve, le jaune bondissant des coronilles, qui poussaient un peu partout, mauvaises herbes et plantes resplendissantes, à quelques mètres de moi, et les fleurs continuaient plus loin, se perdant, à moitié sauvages, dans la petite allée entre les pins. En effet, il y avait au-dessus de moi des entrelacs d'aiguilles de pin, qui faisaient comme un écrin, entourant tout cela. Et je ne voyais ni vraiment les romarins, ni vraiment les coronilles, ni – je n'en ai pas parlé – les quelques iris qui commençaient à surgir ; mais j'étais prise dans un réseau et un frémissement de couleurs entremêlées ; je plongeais dans ce mélange, ne sachant plus bien qui j'étais, ni où, ni pourquoi. Il y avait bien, derrière ce foisonnement, la longue descente des pins plus sombres qui me donnaient le sentiment de l'éloignement, mais aussi d'une protection. Et j'aurais dû dire qu'au-dessus de mon fauteuil, il y avait, à quelques mètres de hauteur, une ou deux branches légères d'un grand pin voisin, dont l'extrémité m'apportait une ombre mouvante et, rejoignant de loin les autres pins, dessinait sur le ciel une arabesque de verdure. Un dessin sur le ciel, que je distinguais mal, mais qui formait comme une couronne impalpable, pour moi seule. Je ne distinguais rien avec netteté ; mais je me sentais intégrée et assimilée, comme si j'avais moi-même fait partie du paysage. Je m'étais perdue dans cette masse vibrante et vivante. Peut-être est-ce ainsi lorsque l'on meurt, ai-je pensé. Mais c'était si doux et si irréel, que cela eût donné à n'importe qui envie de mourir de cette façon-là.

« Je ne sais pas combien de temps cela a duré ; mais je sais une chose : j'ai été interrompue par la sollicitude bruyante et faussement chaleureuse de Maud, qui est venue me dire, comme à un enfant de cinq ans : “Eh bien ! Mais vous êtes confortable, comme cela, dans les fleurs ! Et vous vous rendez compte comme elles sentent bon ?” Je l'ai rembarrée ; j'ai laissé entendre que je n'en profitais guère et je me suis efforcée, par mon ton désagréable, de l'éloigner. Ce n'est pas très bien, j'en ai conscience ; mais ne peut-on me laisser en paix ? On m'entoure de fausses protections comme un enfant ; je déteste que l'on m'interrompe quand je suis tranquille ; et je déteste encore plus, quand on vient couper un de ces moments où il me semble que, vers la fin de la vie, les choses prennent soudain une coloration nouvelle de paix et d'ineffable douceur ! Quand elle se fut éloignée, je fermai un instant les yeux, espérant que le miracle allait revenir ; et le miracle revint. Je me sentis de nouveau accueillie et adoptée dans ce monde qui n'était plus réel, mais semblait chargé de signes et de promesses. Et la vision s'accompagnait d'un immense apaisement, dont je ne pouvais dire l'origine.

« Oui, cela a existé, pour moi et pour moi seule. Je puis en témoigner, même si je peux mal comprendre ces impressions et si je ne puis en tout cas les partager avec personne. Le témoignage est pour moi seule, comme l'ont été les moments eux-mêmes. Ah ! s'ils savaient, ceux-là qui s'empressent autour de moi comme si la vie n'avait plus rien à m'offrir, à coup sûr ils seraient surpris ! Mais je le dis ici, tout bas, en secret : rien que d'essayer de le dire, il me semble laisser perdre quelque chose du mystère et du bonheur qui m'ont été accordés. Même pour moi, je n'arrive pas à les dire, ces moments... »

*

Là, j'arrêtai de moi-même l'appareil. Il me fallait souffler ! J'avais tout écouté, agacée, dans une certaine mesure, par le lyrisme de la vieille dame, mais agacée aussi de la voir éprouver ces extases dans mon propre domaine, dans le lieu que j'avais choisi et imposé à tous : c'était comme si elle m'avait pris quelque chose. J'avais sans doute du plaisir à contempler la terrasse, le bassin, les arbres alentour ; mais il me semblait à présent que cela avait été pour moi un plaisir de propriétaire, comme celui que l'on éprouve à contempler un ameublement ou bien une robe réussie. Peut-être était-elle un peu folle, la vieille ! Mais peut-être était-ce moi qui n'avais pas su absorber la beauté des choses ni rien vivre, finalement, avec intensité et ferveur. Je n'avais jamais rien ressenti complètement à fond et je ne m'étais jamais trouvée à la porte du mystère. Elle, oui ! Avais-je donc plus ou moins gaspillé toutes ces années dans une insensibilité factice ? « Ma belle-fille Anne », comme elle disait, n'était pas du tout fière d'elle.

Je me rebellai cependant ; je me disais qu'il était absurde de penser qu'il faut avoir perdu la vue pour éprouver de réelles satisfactions visuelles ! J'aimais le bon sens. J'avais de la rancune contre elle, parce que ses propos voulaient me faire croire que j'étais passée, dans la vie, à côté de l'essentiel, que je n'avais rien su et rien vu ! Mais je ne pouvais nier qu'elle avait vécu là quelque chose que, jusqu'à présent, j'ignorais. Aussi une certaine humilité se mêlait-elle à ma rancune ; et c'était là un sentiment dont je n'avais pas l'habitude. J'étais incertaine, troublée et anxieuse de savoir ce que moi-même j'éprouvais. Après tout, elle s'était tue et j'avais coupé l'appareil, coupé le son : elle n'avait peut-être pas fini. Je rebranchai l'appareil, avec une sorte de soumission qui présageait ma défaite. En effet, elle continuait...

*

« Je suis tranquille : ils sont loin et je puis encore dire quelques mots. Je pense qu'il est absurde de massacrer ainsi la pauvre petite Fadette avec mes extases de vieille femme, mais – comment dire ? – même pour moi seule, il me faut tenter de dire mieux ce qu'il m'a été donné si souvent de ressentir ; il ne faut pas l'abîmer, le déformer, et me contenter d'un aveu de défaite. D'abord, j'ai eu tort de parler des fleurs. Cela suggère, en effet, que mon émotion tient à la réussite même du moment, à son caractère exceptionnel, que chacun admirerait et auquel je suis seulement un peu plus sensible que d'autres. Or, ce n'est pas du tout cela, et l'exemple était mal choisi. C'est la façon dont j'y vois “encore”, c'est-à-dire dont j'y vois mal, qui mobilise mon attention, m'oblige à regarder, à profiter de ce que je peux encore percevoir et, par suite, à voir ce que les autres ne remarqueraient pas. En tout cas, il ne s'agit pas de spectacles exceptionnels, mais de réalités toutes proches, qui semblent m'entourer de leur cadre amical. Ainsi, l'autre jour, j'avais fait placer mon fauteuil tout à l'angle de la terrasse, à sa pointe extrême. Elle est grande, la terrasse – un grand espace vide. J'avais sur ma droite l'image floue de la maison ; je ne la distinguais pas vraiment, c'était une masse vague, lumineuse, distante ; et puis, à perte de vue pour moi, cette place nue où je voyais flotter une légère brume – brume de chaleur peut-être, brume de mes yeux certainement. Je ne voyais pas bien les limites formées par les arbres et à peine les collines avec des plans de vigne ou de lavande ; je ne voyais qu'une ombre qui terminait ce vaste espace tranquille. Je ne distinguais même pas le petit bassin en forme de cœur avec la fontaine dont ma belle-fille Anne est si fière : il était juste comme une tache d'ombre, posée parmi toutes les taches d'ombre et de soleil qui jouaient les unes avec les autres sur le sol. Il y avait des taches de soleil sur le mur gris qui limite la terrasse ; il y avait des taches de soleil sur l'ocre clair de la maison et des reflets de lumière sur le toit ; mais tout cela glissait, s'estompait. On peut dire, en un sens, que je ne voyais rien. Mais je voyais la liberté d'un espace vide où régnait la paix, je voyais le frémissement de l'air offert et transparent. Une distance vide aussi peut m'émouvoir, à présent que je ne vois plus ses limites. C'était un peu comme si la vie venait aboutir ainsi à de vastes ouvertures accueillantes, dans lesquelles moi-même je n'existais presque plus, mais où une douceur vivante et changeante ne cessait de chatoyer : et, à cette sérénité, personne n'avait accès que moi.

« Quelquefois les gens clignent des yeux pour mieux voir un spectacle ; quelquefois les peintres rapprochent ou éloignent l'image qu'ils nous offrent, déforment les masses, brouillent les teintes : la transformation, pour moi, se faisait d'elle-même ; c'était comme le contraire d'une mise au point ; c'était une fuite au sein d'une vapeur irisée.

« Je sais bien que tout cela ne durera pas : mes yeux sont malades, je suis vieille ; je risque à chaque instant ou de mourir (ce que j'accepte volontiers) ou de ne plus y voir du tout (ce à quoi je m'apprête sans réussir à m'y faire). Mais, en attendant, je le répète et ne le dirai jamais aux autres, je le répète pour remercier le sort : j'y vois encore, et je vois des merveilles qu'eux, ils ne voient pas.

« Et puis, pensons à la petite Fadette qui s'impatiente : à force de voir changer la réalité et de la voir se charger de rêve et de poésie, je sens pénétrer en moi discrètement – autre secret ! – une sourde attirance vers le surnaturel et la beauté d'un autre monde… »

*

En écoutant la vieille dame je percevais ces remarques un peu grandiloquentes : toute forme de ferveur m'intimide un peu et toute forme d'espérance me déroute d'abord, mais laisse en moi un petit surgeon – une place où, pour moi aussi, pourrait poindre l'espérance. Simplement, elle n'aurait pas dû dire : « J'y vois encore » ; car c'est nous, qui voyons trop bien, qui méconnaissons peut-être tout un aspect de ce qui nous entoure et fait notre vie. Ma belle-mère a dû mourir quelques mois plus tard ; je crois qu'elle n'y voyait plus du tout ; mais comment en être certain ? Ses yeux se sont refermés sur le mystère qu'elle nous dérobait.

Table

Du même auteur :

Aux éditions Les Belles Lettres

THUCYDIDE, édition et traduction, en collaboration avec L. Bodin et R. Weil, 5 vol., Coll. des Universités de France, 1953-1972.

THUCYDIDE ET L'IMPÉRIALISME ATHÉNIEN – La pensée de l'historien et la genèse de l'œuvre (1947 ; 1961 ; épuisé en français).

HISTOIRE ET RAISON CHEZ THUCYDIDE, 1956, 2e éd. 1967.

LA CRAINTE ET L'ANGOISSE DANS LE THÉÂTRE D'ESCHYLE, 1958, 2e éd. 1971.

L'ÉVOLUTION DU PATHÉTIQUE, D'ESCHYLE À EURIPIDE (P.U.F., 1961), 2e éd. 1980.

LA LOI DANS LA PENSÉE GRECQUE, DES ORIGINES À ARISTOTE, 1971, 2e éd. 2001.

LA DOUCEUR DANS LA PENSÉE GRECQUE, 1979, Pluriel, 1995.

« PATIENCE, MON CŒUR ! » – L'essor de la psychologie dans la littérature grecque classique, 1984 (2e éd. 1991), Agora, 1994.

TRAGÉDIES GRECQUES AU FIL DES ANS, 1995.

Aux éditions Hermann

PROBLÈMES DE LA DÉMOCRATIE GRECQUE, 1975, Agora, 1986.

Aux Presses Universitaires de France

LA TRAGÉDIE GRECQUE, 1970, Quadrige, 4e éd. 1986.

PRÉCIS DE LITTÉRATURE GRECQUE, 1980, 2e éd. 1991.

HOMÈRE (coll. Que sais-je ?), 1985, 2e éd. 1992.

LA MODERNITÉ D'EURIPIDE (coll. Écrivains), 1986.

Aux éditions Vrin

LE TEMPS DANS LA TRAGÉDIE GRECQUE, 1971 (traduction du texte paru en 1968 à Cornell University Press).

Aux éditions Fata Morgana

JEUX DE LUMIÈRE SUR L'HELLADE, 1996.
HÉROS TRAGIQUES, HÉROS LYRIQUES, 2000.
ROGER CAILLOIS HIER ENCORE, 2001.

Aux éditions Julliard

LA CONSTRUCTION DE LA VÉRITÉ CHEZ THUCYDIDE (coll. Conférences, essais et leçons du Collège de France), 1990.

Aux éditions de Fallois

LES GRANDS SOPHISTES DANS L'ATHÈNES DE PÉRICLÈS, 1988.
LA GRÈCE À LA DÉCOUVERTE DE LA LIBERTÉ, 1989.
DISCOURS DE RÉCEPTION À L'ACADÉMIE FRANÇAISE ET RÉPONSE DE M. ALAIN PEYREFITTE, 1989.
OUVERTURE À CŒUR, roman, 1990.
ÉCRITS SUR L'ENSEIGNEMENT. *Nous autres professeurs* (1969), *L'Enseignement en détresse* (1984), 1991.
POURQUOI LA GRÈCE ?, 1992.
LES ŒUFS DE PÂQUES, nouvelles, 1993.
LETTRE AUX PARENTS SUR LES CHOIX SCOLAIRES, 1994.
RENCONTRES AVEC LA GRÈCE ANTIQUE, 1995.
ALCIBIADE, 1995.
HECTOR, 1997.
LE TRÉSOR DES SAVOIRS OUBLIÉS, 1998.

LAISSE FLOTTER LES RUBANS, nouvelles, 1999.
LA GRÈCE ANTIQUE CONTRE LA VIOLENCE, 2000.
SUR LES CHEMINS DE SAINTE-VICTOIRE (1987), 2002.
SOUS DES DEHORS SI CALMES, nouvelles, 2002.
UNE CERTAINE IDÉE DE LA GRÈCE, en collaboration avec Alexandre Grandazzi, entretiens, 2003.

Composition réalisée par INTERLIGNE

IMPRIMÉ EN ESPAGNE PAR LIBERDUPLEX
Barcelone
Dépôt légal Édit. : 42207-03/2004
Édition 01
Librairie Générale Française - 43, quai de Grenelle - 75015 Paris.
ISBN : 2-253-07262-1

30/3068/1